रावी लिखता है

[उपन्यास]

रावी लिखता है

अब्दुल बिस्मिल्लाह

राजकमल प्रकाशन
नयी दिल्ली पटना इलाहाबाद

मूल्य : ₹ 200

पहला संस्करण : 2010

प्रकाशक : राजकमल प्रकाशन प्रा. लि.
1-बी, नेताजी सुभाष मार्ग
नई दिल्ली-110 002

शाखाएँ : अशोक राजपथ, साइंस कॉलेज के सामने, पटना-800 006
पहली मंजिल, दरबारी बिल्डिंग, महात्मा गांधी मार्ग, इलाहाबाद-211 001

वेबसाइट : www.rajkamalprakashan.com
ई-मेल : info@rajkamalprakashan.com

आवरण : जेम्स स्कॉट एडवर्ड

मुद्रक : बी.के. ऑफसेट
नवीन शाहदरा, दिल्ली-110 032

RAAVI LIKHATA HAI
Novel by Abdul Bismillah

ISBN : 978-81-267-1955-6

उनके लिए नहीं,
जो इस किताब में
किसी बड़ी फ़िलॉसफ़ी की खोज करेंगे।

रावी लिखता है

रात के दस बजे हैं। बाहर अच्छी-ख़ासी धूप है। सामने की खिड़कियों पर सूरज की चौंधिया देनेवाली किरणें चमक रही हैं। बाहर सन्नाटा है। लोग खा-पीकर सो गए हैं। सुबह उठना है। काम पर जाना है। एक हम हैं कि जब तक अँधेरा न हो, नींद नहीं आती। नींद तो नींद, भूख भी नहीं लगती।

मॉस्को का जीवन ऐसा ही है। गर्मियों भर रात में सूरज चमकता रहता है। साढ़े दस-ग्यारह के बाद ही अँधेरा होगा। खिड़कियों पर पर्दे डालकर लोग घर के भीतर अँधेरा कर लेते हैं। अजीब फ़िलॉसफ़ी है। हमारे यहाँ कहा जाता है, भीतर रोशनी करो। डैडी के शब्दों में—तमसो मा ज्योतिर्गमय। यहाँ उलटा है। डैडी पता नहीं क्या कहते इसे! शायद—ज्योतिर्मा तमसो गमय। डैडी जब संस्कृत का कोई कथन बोलते तो हम हँसते थे। संस्कृत क्या, हिन्दी का ही कोई मुश्किल-सा शब्द सुनकर हँसी आ जाती थी। अम्मीं कहतीं, "उर्दू का लफ़्ज़ नहीं बोल सकते?" मगर हमें तो उर्दू से भी चिढ़ थी। हम चाहते थे, वे हमेशा अंग्रेज़ी बोला करें। यह अलग बात है कि हमें उनकी अंग्रेज़ी भी पसन्द नहीं थी। "ही वाज माई फादर।" यह भी कोई अंग्रेज़ी है। हम उन्हें सिखाते, "वाज नहीं डैडी, वाज बोला कीजिए। और फादर नहीं फ़ादअ। 'आर' साइलेंट होता है।" डैडी बुरा नहीं मानते थे। हँसकर कहते, "बेटा, आप जैसी अंग्रेज़ी मैं नहीं बोल सकता।" फिर मानो हमें चिढ़ाने के अन्दाज़ में बोलते, "अच्छा गो एंड हाथ-मुँह वाश करके आओ। डिनर इज़ तैयार।"

क्या डिनर होता था! भुना हुआ गोश्त। अरहर की देसी घी में बघारी हुई दाल। प्याज़, मूली, टमाटर, अदरक वग़ैरह का सलाद। हरी धनिया की चटनी। पतली-पतली चपातियाँ, कभी सादे चावल और कभी मटर पुलाव। पीने के लिए अक्वागार्ड से निकला साफ़, ठंडा पानी।

याद भी क्या चीज़ है! जब आती है तो आए चली जाती है। उसे कोई रोक नहीं सकता। बाहर आदमी नज़र नहीं आ रहे हैं, मगर शोर बहुत है। कारें दौड़ रही हैं। ट्रामें धड़धड़ा रही हैं। 'मेट्रो तूल्स्काया' के पास जो हरा-सा गुम्बद है, वह झिलमिला रहा है। गस्त्रानोम नाम की दुकान खुली हुई है। वहाँ लोग आ-जा रहे होंगे। मगर 'याद' को रोकनेवाला कोई नहीं है। और वह भी डैडी की याद को!

आसमान में बादल आ गए हैं। शायद इसीलिए थोड़ा अँधेरा हो गया है। खिड़की का पर्दा सरका देने से अँधेरा और घना हो जाएगा। फिर तो भूख भी लगेगी और नींद भी आएगी। मगर मैं ऐसा करना नहीं चाहती। डैडी कहा करते थे, "झूठ को किसी भी तरह सच में नहीं बदला जा सकता।"

दरअस्ल हमारे डैडी पूरी तरह 'आधुनिक' नहीं थे। सूट-बूट पहनते थे, पर कभी-कभी। हम लोगों के साथ डाइनिंग टेबल पर खाते थे, पर कभी-कभी बेड पर ही खाना मँगा लेते थे। बिजली चली जाती तो उनके मज़े आ जाते। कहते, "ज़मीन पर चादर बिछा लो और सब लोग यहीं मोमबत्ती जलाकर खाओ। दस्तरख़्वान पर बैठकर खाने में जो मज़ा है, वह डाइनिंग टेबल पर कहाँ?" अक्सर एक बड़ी प्लेट में बिरियानी निकलवाते और कहते, "सब लोग इसी में खाओ।" भैया को तो वे अपने हाथ से ही खिलाते। वह छोटा तो था, मगर अपने को बच्चा नहीं समझता था। कहता, "आप भी डैडी, क्या मुझे बच्चा समझते हैं?" डैडी कहते, "बेटा, तुम तो अभी सिर्फ़ चार साल के हो, मुझे तो मेरे माँ-बाप दस-बारह साल की उम्र तक अपने हाथ से खिलाते थे।" यह सुनकर हम दोनों बहनें हँस पड़ती थीं।

ज़मीन पर बैठकर हम खा तो लेते थे, मगर अच्छा नहीं लगता था। मुझे तो बड़ी दिक़्क़त होती थी, क्योंकि मैं हमेशा पैंट पहना करती थी। मेरी छोटी बहन तो शलवार-कमीज़ पहन लेती थी, पर मैं नहीं। इस बात को

लेकर अम्मीं अक्सर डाँटती रहतीं। उस वक़्त डैडी मॉडर्न बन जाते। बोलते, "क्यों उसे हज्जिन आपा बनाना चाहती हो? जो पहनती है, पहनने दो।" मेरा अंग्रेज़ी बोलना और लड़कों की तरह कपड़े पहनना उन्हें पसन्द था। हाँ, ब्रेड-बटर का नाश्ता करना उन्हें अच्छा नहीं लगता था। कहते, "अंग्रेज़ी बोलो, अंग्रेज़ी ढंग के कपड़े पहनो, छुरी-काँटे से खाओ, मगर बिलकुल अंग्रेज़ न बनो।" नाश्ते में वे ब्रेड-बटर शायद ही कभी खाते हों। कभी सब्ज़ी-रोटी खा ली, कभी उबला हुआ अंडा और दूध। कभी छोले तो कभी चने की घुघनी, जिससे मुझे बेहद चिढ़ थी। तेल में तले हुए काले-काले चनों को देखकर मुझे उबकाई आती थी। मैं उन्हें हिकारत से देखती तो डैडी कहते, "तुम क्या जानो चने की अहमियत? जब औरंगज़ेब ने अपने बाप शाहजहाँ को क़ैद में रखा तो उसने पूछा, कोई एक अनाज बताइए, क्या खाएँगे? शाहजहाँ ने जवाब दिया, चना। चना से क्या नहीं बनता? चने की घुघनी बना लो, सालन बना लो, इसके बेसन से हलवा बना लो, रोटी बना लो, पकौड़े बना लो। और यह ब्रेड-पकौड़ा, जिसे तुम लोग बड़े चाव से खाते हो, इसमें भी तो बेसन है।"

मगर उनके इस भाषण का हमारे ऊपर कोई असर नहीं पड़ता था। हम दोनों बहनें फुसफुसातीं, "डैडी एकदम गँवारों जैसी बातें करते हैं!" एक बार तो उन्होंने हमारी फुसफुसाहट सुन भी ली थी। मगर नाराज़ नहीं हुए। बोले, "हाँ, मैं गँवार हूँ और मुझे इसका फ़ख़्र है। गँवार यानी गाँव का। मैं गाँव का हूँ और गाँव ही का रहना चाहता हूँ। ज़िन्दगी तो गाँव में ही है, शहर में क्या है?" फिर अम्मीं की ओर इशारा करके कहते, "अपनी अम्मीं को देखो, ये भी तो गाँव से आई हैं और इन्होंने तुम जैसे पिटिर-पिटिर अंग्रेज़ी बोलनेवाले शहरी बच्चे पैदा किए हैं।"

उन दिनों मेरी समझ में नहीं आता था कि आख़िर डैडी को गाँव से इतना लगाव क्यों है। गाँव से लगाव तो अम्मीं को भी था, मगर वैसा नहीं जैसा कि डैडी को था। अम्मीं का 'गाँव' अलग था और डैडी का 'गाँव' अलग। अम्मीं के गाँव में चने का साग था, हरी मटर थी, आम का अचार था, मुहर्रम का पर्व था और इसी तरह की कुछ दूसरी चीज़ें थीं, जिन्हें वे अक्सर याद किया करती थीं। लेकिन डैडी का 'गाँव' असीम था। वे कहा

करते थे कि गाँव दरअस्ल 'देस' है। गाँव से बाहर निकल गए तो 'परदेस' में पहुँच गए। उनके गाँव में खेत थे। किसान थे। बाग़ थे। तालाब और गड़हियाँ थीं। शादियाँ थीं। मेले थे। तरह-तरह के त्योहार थे। ताश के खेल थे। तरह-तरह के मौसम थे। भाँति-भाँति की स्त्रियाँ थीं। मुहावरे थे। गालियाँ थीं। लोकगीत थे। और न जाने क्या क्या था!

डैडी को लोकगीत बहुत प्रिय थे। उनके पास अवधी, भोजपुरी, छत्तीसगढ़ी, मैथिली, कोंकणी और न जाने किन-किन बोलियों के लोकगीतों के ऑडियो कैसेट्स भरे हुए थे। जब वे उन्हें सुना करते तो हमें बहुत बुरा लगता। मैं कहती–"जब हम स्कूल में रहा करें तब आप इन्हें सुना कीजिए।" कभी-कभी तो मेरी छोटी बहन झल्लाकर टेपरिकॉर्डर को बन्द कर देती थी। मगर डैडी कुछ नहीं बोलते थे।

मैं कभी नहीं समझ पाई कि डैडी क्या थे! इतना तो समझती थी कि वे कोई ऊँची चीज़ थे। घर में उनसे मिलने-जुलने वालों का ताँता लगा रहता था। कहीं से बुलावे आते तो उन्हें लेने के लिए गाड़ियाँ आतीं। कभी-कभी अख़बारों में उनका फ़ोटो भी छपा करता था। अब ऐसा आदमी अगर गाँव-गाँव रटे तो क्या अजीब नहीं लगेगा! हमें तो गाँव का लफ़्ज़ सुनकर ही कँपकँपी होने लगती थी।

जब हम बहुत छोटे थे तो गर्मियों में डैडी और अम्मीं हमें लेकर नानी के यहाँ जाया करते थे। उस वक़्त हमने वहाँ क्या झेला, पता नहीं। लेकिन होश सँभालने के बाद जब जाना हुआ तो हालत ख़राब हो गई। पहले तो ट्रेन एक छोटे-से शहर में रुकी। मैंने तो सोचा, यही नानी का गाँव है, मगर अम्मीं ने बताया कि यह शहर है। हमें यक़ीन ही नहीं हुआ। सड़कें उखड़ी-पुखड़ी। जगह-जगह बजबजाता हुआ पानी। मैले-कुचैले कपड़े पहने लोग। चारों तरफ़ पान की पीकें और बीड़ी-सिगरेट के टुकड़े। खुलेआम मटरगश्ती करती गायें। टाँग उठाए कुत्ते। शोर मचाते लाउडस्पीकर। ओफ़! अगर यह शहर है तो फिर गाँव कैसा होगा? और इसका अन्दाज़ा बस को देखकर ही हो गया। बस स्टॉप पर कीचड़ ही कीचड़। मिठाई और चाय-समोसे की दुकानों में मक्खियाँ ही मक्खियाँ। बस का पायदान टूटा हुआ। सीटें फटी हुईं। जगह-जगह झोले, गठरियाँ, बैग ठुँसे हुए। मैले-कुचैले अधनंगे लोग।

बूढ़े, बूढ़ियाँ, बच्चे, औरतें, बकरी का बच्चा! उफ! "वाह डैडी, यही है शहर और यही है शहर की बस!" मैंने कहा तो उन्होंने बग़ैर मेरी ओर देखे बड़ी सहजता से उत्तर दिया, "नहीं, यह शहर की बस नहीं है। यह गाँववालों की बस है। यह गाँववालों को उनके घर पहुँचाएगी। यह बस सलमान रुश्दी, वी.एस. नॉयपाल, अरुंधति राय या किरण देसाई के यहाँ नहीं मिलेगी।"

बस चली तो थोड़ी राहत मिली। बाहर की हवा भीतर आई। खिड़की के पार सूखे हुए खेत। सड़क के किनारों पर बबूल के झाड़। "आप गाँव की इसी प्रकृति की बात करते हैं?" मैंने डैडी पर कटाक्ष किया तो बोले, "तुम बेमौसम आई हो। फ़सल कट गई है।" बस। हम बहन-भाई मुँह खोले उन्हें देखते रहे। तभी किसी ने अम्मीं को पहचान लिया और लगा गाँव की बोली में बात करने। मैं इस ख़याल से ही डर गई कि कहीं अम्मीं भी यही बोली न बोलने लगें। उनकी बड़ी बहन गाँव में ही ब्याही थीं और प्लेट को पलेट कहती थीं। हम आपस में इस लफ़्ज़ को दुहरा-दुहराकर ख़ूब हँसते। हम अम्मीं का मुँह देख रहे थे कि बोलें तो हम हँसें। लेकिन उन्होंने ऐसा कुछ नहीं किया। बोलीं तो, मगर वही ज़बान जो घर में बोलती थीं। एक बार हमने अम्मीं से पूछा था कि आप गाँव की होकर भी ऐसी अच्छी ज़बान कैसे बोलती हैं तो उन्होंने कहा था, "हमारे घर का माहौल उर्दू का रहा है।" ख़ाक उर्दू! पलेट क्या उर्दू का लफ़्ज़ है? सोचा, पर चुप रहे।

बस से उतरकर टेम्पो। आठ आदमियों की सीट पर सोलह आदमी। सामान अलग। पीछे साइकिलें बँधी थीं। आवाज़ ऐसी कि अन्दर दुबकी औरत की गोद का बच्चा रो रहा है या हँस रहा है, पता ही न चले। बस से तो बाहर का नज़ारा दिख भी रहा था, टेम्पो से वह भी नहीं।

जब टेम्पो से उतरकर ताँगे पर बैठे तो खुली हवा मिली। हचकते-फचकते किसी तरह नानी के गाँव पहुँचे। नानी-नाना बहुत ख़ुश हुए। मगर यह क्या? अम्मीं तो नानी से लिपटकर रोने लगीं। हो क्या गया है इन्हें? गाँव की औरतों ने भीड़ लगा ली। धूल में सने नंगे-अधनंगे बच्चे दौड़े चले आए और हमें घूर-घूरकर देखने लगे। एक लड़की ने तो मुझे छूने की कोशिश भी की। मैं उछलकर दूर खड़ी हो गई। मेरा छोटा भाई दुबककर मेरे पीछे खड़ा हो गया। फिर जल्दी से नाना हमें भीतर लिवा गए। डैडी तो आराम

से चारपाई पर पसर गए। अम्मीं भी तख़्त पर बैठ गईं। मेरा भाई उन्हीं के पास जाकर खड़ा हो गया। मगर हम क्या करें? कहाँ बैठें? मेरी छोटी बहन ने फुसफुसाकर मुझसे पूछा, "सोफ़ा नहीं है क्या यहाँ?" मैंने आँखें तरेरीं। उसी वक़्त नाना ने लकड़ी की पुरानी-धुरानी कुर्सियों की ओर इशारा करके हमें बैठने को कहा। क्या करते, बैठ गए। यह घर है? मेरे मन में सवाल उठा। दीवारें ईंट की ज़रूर थीं, पर फ़र्श मिट्टी का ही था। खाना स्टोव पर बनता था। नानी बैठकर किसी बर्तन में कुछ भून रही थीं। एक कोने में स्टूल पर टेबल फ़ैन रखा था, पर वह चल नहीं रहा था। गर्मी के मारे बुरा हाल था। लगा, बिजली बचाने के लिए ये लोग पंखा नहीं चला रहे हैं! उस वक़्त हमने यही सोचा। पर बाद में पता चला कि बिजली दो दिन से नहीं है। तय किया था कि नानी के यहाँ चलकर नहाएँगे। मगर वह इच्छा मर गई। कहाँ नहाएँ? खाना खाकर सोने का ख़याल था। वह ख़याल रफूचक्कर हो गया। कहाँ और कैसे सोएँ?

वापसी का टिकट तीन दिन बाद का था। यह याद आते ही लगा कि बेहोश हो जाएँगे। भला हो नानी का कि अम्मीं से बोलीं, "बिटिया, ये यहाँ नहीं रह पाएँगे। इन्हें लेकर शाम को तुम अपनी आपा के यहाँ चली जाओ।"

आपा, यानी हमारी अम्मीं की बड़ी बहन। वही, जो प्लेट को पलेट कहती थीं। अम्मीं ने बताया कि वे गाँव में नहीं, क़स्बे में रहती हैं।

क़स्बा क्या होता है? गाँव और क़स्बे में क्या फ़र्क़ है? और फिर शहर और क़स्बे में क्या फ़र्क़ है? इस तरह के न जाने कितने सवाल थे, जो उस वक़्त हमारे दिमाग़ में मँडरा रहे थे; मगर हम चुप थे।

यहाँ, रूस में, तो इन सब चीज़ों को समझना और भी मुश्किल है। शहर तो ठीक है, पर क़स्बा और गाँव? क़स्बा किसे कहेंगे? शायद छोटे शहर को! और गाँव? एक बार किसी ने सवाल किया, तो मैंने अंग्रेज़ी में बताया, विलेज को। अब विलेज को उसने क्या समझा, पता नहीं। अंग्रेज़ों ने जब 'गाँव' के लिए 'विलेज' शब्द का इस्तेमाल किया होगा तो 'गाँव' की कौन-सी तस्वीर उनके दिमाग़ में रही होगी, वे ही जानें। हमारे लिए तो 'विलेज' कुछ

अजीब-सा शब्द है। मरा ख़याल है कि 'गाँव' को ट्रांसलेट नहीं किया जा सकता। जैसे 'रोटी' को या 'आत्मा' को ट्रांसलेट नहीं किया जा सकता। दुनिया की हर भाषा में ऐसे शब्द हैं, जिन्हें दूसरी भाषा में ट्रांसलेट नहीं किया जा सकता। रूस में एक शब्द है–'दचा'। यह उस घर का नाम है, जो शहर से बाहर खेतों के बीच में होता है। डैडी ने इसका मतलब बताया था–पाही। मेरे लिए 'पाही' को समझना आसान नहीं था। उन्होंने समझाया था–जिसके पास गाँव के बाहर बहुत सारे खेत होते थे, वह खेतों के बीच में या पास में एक अलग घर बना लेता था और समय-समय पर वहाँ रहकर खेती-बाड़ी का काम देखता था। उसी घर को 'पाही' कहते थे। पाही क्या घर जैसा होता था? अगर वह घर जैसा ही होता था तो उसे 'घर' न कहकर 'पाही' क्यों कहते थे? वग़ैरह-वग़ैरह...कई सवाल मैंने पिस्तौल की गोलियों की तरह दाग दिए थे, जिनके जवाब में डैडी ने जो लेक्चर दिया था उससे तो 'पाही' की यही तस्वीर बनी थी कि वह कोई झोंपड़ी जैसी चीज़ होती है। मगर 'दचा' में तो ऐशो-आराम की तमाम सुविधाएँ होती हैं। लोग वहाँ मस्ती करने के लिए जाते हैं। बीयर पीते हैं और आराम करते हैं। शहर की गहमागहमी से दूर शान्त वातावरण का आनन्द लेते हैं। मेरी कार का ड्राइवर तक कभी-कभी कहता है, "मैडम, मुझे दचा जाना है। एक महीने बाद आऊँगा।" तो क्या वह 'पाही' जाता है? पता नहीं क्यों डैडी की ये बातें मुझे निस्सार लगती हैं! हालाँकि भाषाओं की जैसी बारीक व्याख्या वे करते थे, मैंने किसी और से नहीं सुनी। वे कहते थे–कंट्री का अर्थ 'शहर' नहीं, 'देस' है। 'देश'? मैं पूछती तो बोलते–'देश' नहीं, 'देस'। उनका मानना था कि 'देश' और 'देस' में फ़र्क़ है। 'देस' से ही 'देसी' बना है। जब कोई कहता 'देशी घी' तो वे कहते–'देशी' नहीं, 'देसी घी'। हमारी तो कुछ समझ में नहीं आता था। हम उनसे बहुत बहस करते थे। एक बार वे झल्ला गए थे। बोले, "तुम्हें हिन्दी में कुछ समझ में नहीं आएगा। अंग्रेज़ी में समझो। जिस शराब को 'कंट्री' कहते हैं, वह क्या होती है? ठर्रा। समझ में आया? ठर्रा क्या है? देसी शराब! अब समझ में आया? अंग्रेज़ी में शहर के बाहरी इलाक़े को 'कंट्री साइड' कहते हैं। दिमाग़ में कुछ घुसा? इसीलिए मैं गाँव को देस कहता हूँ। और इसीलिए लोग 'शादी-ब्याह' के अन्दाज़ में 'गाँव-देस' कहते हैं। दिमाग़ में

भरे गोबर को बाहर निकालो तब ये सब बातें समझ में आएँगी।''

तब ये बातें बकवास लगती थीं। अब सोचते हैं, तो बस सोचते ही चले जाते हैं। भूख नदारद, नींद ग़ायब। बस सोचना और सोचना।

अब नींद आ रही है। कल।

आज दिन भर मेट्रो में घूमते रहे। कुछ ख़रीदारी करनी थी, सो निकल पड़े। मेट्रो की भी अजब दुनिया है। शहर के नीचे एक और शहर। उस शहर में सिर्फ़ लोग हैं, जो डिब्बों में बन्द हैं। डिब्बे तेज़ रफ़्तार के साथ भागे जा रहे हैं...

मैं भी क्या पचड़ा लेकर बैठ गई। ऐसी बातों को डैडी 'पचड़ा' ही कहते थे। 'पचड़ा' यानी 'पचरा' पूर्वी उत्तर प्रदेश में होली के अवसर पर गाया जानेवाला एक गीत है। शायद। या फिर देवी गीत। ज़ाहिर है कि मेरा मक़सद मॉस्को या यूरोप का पचड़ा सुनाना नहीं है। चूँकि यहाँ हूँ, इसलिए यहाँ की बातें आ-जा रही हैं। दिल तो वहीं है। डैडी के जिए-भोगे 'गाँव' में। अम्मीं जिसे 'क़स्बा' कहती थीं, हमारे लिए तो वह भी गाँव जैसा ही था। वहाँ एक सड़क थीं, जो पता नहीं क्यों सड़क कहलाती थी? हमारे लिए तो वह धूल और कीचड़ से भरा एक रास्ता भर था। बाज़ार में जो चीज़ें बिका करती थीं उनमें हमें कोई दिलचस्पी नहीं थी। गर्मियों के दिन होते थे, इसलिए धूल भरी आँधियाँ ख़ूब चलती थीं। बिजली अक्सर ग़ायब रहती थी। ख़ाला हमारा बहुत ख़याल रखती थीं। नाश्ते में हलवा वग़ैरह बना देती थीं, मगर हमारी आदत तो ब्रेड-बटर की थी। बेमन से खा लेते थे। रात में रोज़ाना गोश्त बनाती थीं, मगर मिर्चें इतनी डालतीं कि हमसे खाया न जाता। डैडी और अम्मीं के लिए तो कुछ फ़र्क़ नहीं पड़ता था। वे तो मक्खियों की सेना से भी नहीं घबराते थे। सारी सुख-सुविधाओं से लैस महानगरीय वातावरण में रहनेवाले हमारे डैडी वहाँ लुंगी और बनियान पहनकर हाथ का पंखा झलते हुए, पसीने से तर-बतर बड़ी शान के साथ तख़्त पर बैठे रहते।

वहाँ भी डैडी से मिलने-जुलने वालों का ताँता लगा रहता। मगर वे लोग अलग तरह के होते थे। प्राइमरी स्कूल के टीचर, जूते, कपड़े, मिठाइयाँ

और न ज़ाने क्या-क्या बेचनेवाले दुकानदार। चिकवे और क़साई। कुछ शायर टाइप के लोग। बेढंगे कपड़े पहने, बीड़ियाँ पीते, पान घुलाते, सुर्ती ठोंकते और न जाने किस-किस भेस के आदमी। डैडी सबसे मिलते। अपने पास बैठाते। ख़ाला से उनके लिए चांय बनवाते। ख़ुद उनके साथ ताश खेलते। दहला पकड़, ट्वेंटी नाइन और न जाने कौन-कौन से ऊल-जलूल खेल। हम दोनों बहनें आपस में हँसा करतीं। मेरी छोटी बहन मुँह बिचकाकर कहती, ''हुँह, डैडी भी ऐसे ही हैं। इन्हें तो यहीं रहना चाहिए।''

शाम होते ही घर भर के और आस-पड़ोस के न जाने कितने बच्चे डैडी को घेर लेते। वे क्या घेरते, डैडी ही उन्हें बुलाकर अपने पास बैठा लेते और जनरल नॉलेज के सवाल पूछते। गाँव के वे बच्चे भला क्या जानें 'जनरल नॉलेज'? मगर जमे इसलिए रहते थे कि डैडी की बातों में जादू था। जब हम देखते कि बच्चे उनके सवालों का जवाब नहीं दे पा रहे हैं तो हम दूर से ही जवाब बोल देते थे। उस वक़्त डैडी हमें बुलाते और कहते, ''तुम लोग भी खेल में शामिल हो जाओ।'' हम शामिल तो हो जाते, मगर डैडी तब ऐसे-ऐसे सवाल पूछते, जिनका जवाब वे बच्चे तो दे देते थे, मगर हम मुँह ताकते रह जाते थे। सवाल कुछ इस तरह के होते थे–

''वह कौन-सा पेड़ है, जिसमें फूल नहीं निकलते, मगर फल लगते हैं?''

बच्चे कहते, ''गूलर।''

या फिर पूछते, ''वह कौन-सा फल है जो पेड़ की जड़ में भी लगता है?''

बच्चे कहते, ''कटहल।''

अब भला हम क्या जानें 'गूलर' और 'कटहल' का साइंस? मगर डैडी को तो हमें हराने में मज़ा आता था। हालाँकि अब लगता है कि उनका मक़सद 'हराना' नहीं, बल्कि यह बताना होता था कि जिसे हम हेय समझते थे–यानी 'गाँव', उसमें कुछ अच्छाइयाँ भी हैं।

गर्मियों में कभी-कभी तेज़ आँधी आती और फिर बारिश हो जाती। बारिश के बाद ख़ाला के आँगन में मक्खियों की फ़ौज दुगुनी हो जाती। बाहर चारों तरफ़ कीचड़ हो जाता। अन्दर उमस हो जाती। और हमारा मन भागने

को करने लगता। दिल्ली की बारिश याद आती। छत पर किस तरह हम भीगते हुए उछल-कूद करते थे। अम्मीं डाँटतीं। कहतीं, "बीमार पड़ जाओगी।" मगर डैडी कहते, "खेलने दो। बारिश में भीगने का मज़ा ही कुछ और है!" लेकिन यह कहने के बाद वे कहीं खो जाते थे। हम सोचते, इनका भी मन होगा बारिश में भीगने का। उछल-कूद करने का। नहीं भीग पा रहे हैं; उछल-कूद नहीं कर पा रहे हैं, इसलिए दुखी हैं। यही समझते हुए एक बार मैंने उनसे कहा था, "चलिए न डैडी, हमारे साथ आप भी भीगिए।"

इस पर वे शुरू हो गए थे :

"तुम्हें क्या पता बेटा कि बारिश में भीगना क्या होता है? बारिश में भीगने का यह मज़ा, जो तुम लोगों को मिल रहा है, भला कोई मज़ा है?"

इतना बोलकर वे कहीं खो गए। थोड़ी देर तक खिड़की के पार झर रही बूँदों को देखते रहे। फिर मानो कविताई करने लगे–

खेत में किसान हल चला रहा हो, और बारिश हो रही हो
फटी-पुरानी साड़ियों में लिपटी औरतें धान निरा रही हों
और बारिश हो रही हो
आप किसी जंगली रास्ते से घर लौट रहे हों
और बारिश हो रही हो
आप किसी पेड़ के नीचे खड़े हों और बारिश हो रही हो
नदी किनारे कोई आदमी टूटा-सा छाता ओढ़े
मछलियाँ फँसा रहा हो
और बारिश हो रही हो
किसी पुराने छप्परवाली झोंपड़ी में आप सो रहे हों
और बारिश हो रही हो
छप्पर जगह-जगह पर चू रहा हो और बारिश हो रही हो...
(फिर ख़ामोशी)
और
और हाँ, आप साइकिल से कहीं जा रहे हों
और बारिश हो रही हो...

"अच्छा, अब बस कीजिए।" हम उन्हें टोककर चुप करा देते और

बोलते, "आगे आप कहेंगे आप स्कूटर पर कहीं जा रहे हों और बारिश हो रही हो। यही न? हम ख़ूब समझते हैं।"

डैडी हँस देते। मगर हमें लगता कि कहीं कोई ऐसी चीज़ ज़रूर थी, जो उन्हें भीतर ही भीतर चुभती रहती थी। या शायद ऐसी कोई चीज़ थी जो उनसे खो गई थी। बारिश उनके लिए बारिश नहीं थी। शायद गर्मी या ठंड भी उनके लिए सिर्फ़ मौसम नहीं थे। हर मौसम में शायद वे उस मौसम के अपने बीते हुए दिनों को याद कर बैठते थे। और इस तरह 'मौसम' में पूरी की पूरी ज़िन्दगी छलछला उठती थी।

"आपको बारिश क्यों इतनी अच्छी लगती है?" एक बार मैंने पूछा था तो जवाब मिला था, "जो आदमी जिस मौसम में पैदा होता है, उसे वह मौसम बहुत अच्छा लगता है। मैं जब पैदा हुआ था, भादों का महीना था और झमाझम बारिश हो रही थी।"

"अच्छा, बस-बस।" मैंने उन्हें रोक दिया था, "ये भादों वग़ैरह आप अपने पास ही रखिए। हमें नहीं चाहिए।"

डैडी ने आगे कुछ नहीं कहा। मैंने ही कुरेदा, "अच्छा, यह बताइए, मैं तो गर्मी के मौसम में पैदा हुई थी; फिर मुझे गर्मी से इतनी सख़्त चिढ़ क्यों है? आपकी फ़िलॉसफ़ी के हिसाब से तो मुझे चिलचिलाती हुई धूप में डांस करना चाहिए।"

"इस चिढ़ की वजह है।" उन्होंने मेरी आँखों में आँखें डालकर कहा, "तुम गर्मी के मौसम में नहीं, एयरकंडीशंड अस्पताल के मौसम में पैदा हुई हो।"

लगा, किसी ने ज़ोरदार थप्पड़ जड़ दिया हो। मैं नाराज़ होकर उठी और अपने कमरे में चली गई।

अरे, यह क्या? सोचते-सोचते मैं चौंक उठी। मॉस्को का आसमान बादलों से भर गया है और बड़ी-बड़ी बूँदें गिर रही हैं। अचानक एक तरफ़ बिजली कौंधी और बादल कड़क उठे। झमाझम पानी!

डैडी यहाँ होते तो क्या होता?

ख़ुशी से झूम उठते?

शायद नहीं। कहते—यह भी कोई बारिश है! यूरोप की बारिश भी क्या

कोई बारिश होती है? वे तो दिल्ली की बारिश को भी बारिश नहीं मानते थे। बारिश ही क्यों; कहते थे, मौसम तो गाँव में होते हैं।

एक बार डैडी हमें अपने गाँव ले गए थे। ठंड का मौसम था। डैडी ने लालच दी थी कि ठंड के दिनों में ख़ूब मज़ा आता है गाँव में। खेत में जाकर हरी-हरी मटर तोड़कर खाओ। हरे चने खाओ। गन्ने चूसो। बाग़ में जाकर पेड़ से तोड़-तोड़कर मीठे अमरूद खाओ। तीतर का गोश्त खाओ वग़ैरह-वग़ैरह।

मगर वहाँ तो सब कुछ बदल गया था। न कहीं गन्ना, न अमरूद। बाग़ उजड़ा पड़ा था। सोचा था, वहाँ चलकर बैलगाड़ी देखेंगे। मगर वहाँ तो मोटरसाइकिलें धूल उड़ा रही थीं। डैडी ने अपने घर का जैसा वर्णन किया था, वह भी वैसा नहीं था। डैडी की बताई हुई मिट्टी की दीवारें ग़ायब थीं। खपरैला 'कोठा' नदारद था। मकान अब चार हिस्सों में बँट गया था। डैडी का बताया हुआ 'ख़ूब बड़ा-सा घर' अब चार छोटे-छोटे घरों में तब्दील हो गया था। उन्हीं में से एक घर में हम रुके थे।

घर के सामने एक कुआँ था, जो नीचे धँस गया था। कुएँ के पास पानी का नल लगा था। लोग उसी से पानी भरते थे। कुएँ से कोई भी पानी नहीं निकालता था। कुएँ का कोई अर्थ ही नहीं रह गया था। वह होते हुए भी नहीं था।

"एक वक़्त था," डैडी ने हमें बताया, "जब इस कुएँ की जगत पर कितना गुलज़ार रहा करता था। कोई पानी खींचता, कोई नहाता, कोई कपड़े धोता, कोई और कुछ नहीं करता तो बैठकर सुर्ती ही ठोंका करता। लोग आपस में हँसी-मज़ाक करते। और हाँ, यहाँ नीम का एक छतनार दरख़्त भी हुआ करता था। अरे, वह ज़माना ही और था! घर के सामने नीम का पेड़ और कुआँ न हो तो घर कैसा? मगर अब दुनिया बदल गई है। मैंने सोचा था, गाँव नहीं बदला होगा, मगर वह भी बदल गया है।"

"और मौसम?"

मेरे सवाल पर वे चौंके थे।

"नहीं, मौसम तो वैसा ही है।" इतना बोलने के बाद थोड़ी देर वे चुप रहे थे। फिर बोले, "शायद!"

उनके 'शायद' में शायद बहुत-कुछ था।

"सुनो बेटा," डैडी ने मेरे सिर पर हाथ फेरते हुए कहा, "जब मैं ढाई साल का था, इसी कुएँ में गिरनेवाला था कि पानी निकाल रही एक लड़की ने बाल्टी छोड़कर मुझे खींच लिया था। और मैं बच गया था। वरना...।"

वरना क्या?

वरना यही होता कि वे सिर्फ़ ढाई साल की उम्र में कुएँ में गिरकर मर गए होते।

"जब कोई मर जाता है तो लोग रोते क्यों हैं डैडी?" मैंने एक बार डैडी से पूछा था तो उन्होंने अजीब-सा जवाब दिया था।

"यह सवाल तुम्हें अपनी दादी से पूछना चाहिए था।"

मगर दादी को तो मैंने देखा ही नहीं था। वे तो कब की मर चुकी थीं।

एक दिन बहुत कोशिश करके मैंने अपनी दादी को ज़िन्दा किया तो बजाय 'मृत्यु' के एक 'जन्म' की कहानी खुली।

रावी ने कथा कही एक जन्म की

एक गाँव में एक औरत रहती थी, जिसका शौहर सौदागर था। औरत को सुख हर तरह का था, मगर वह दुखी रहती थी। शौहर तो सौदागरी के फेर में हमेशा बाहर ही बाहर रहा करता था। बेचारी औरत घर में अकेली रहती थी और बोर हुआ करती थी। घर बहुत बड़ा था, मगर उसके दो हिस्से हो गए थे। आँगन के बीच में डँड़वारी पड़ गई थी। डँड़वारी के उस पार शौहर के भाई का बेटा अपने परिवार के साथ रहता था। उस परिवार के साथ इनका झगड़ा था। हालाँकि बाद में आपको पता चलेगा कि उस बेटे की माँ भी इस शौहर की बीवी रह चुकी थी। झगड़ा शायद इसीलिए गहरा था। बेटे की माँ अगर बीवी हो तो बेटा भी तो बेटा हुआ, चाहे उसे पैदा किसी और ने ही क्यों न किया हो। लॉजिक यही कहता है। इस लॉजिक में एक अजीब तरह का अधिकार समाया हुआ है। मगर लॉजिक तो यह भी कहता है कि जब तुमने मुझे पैदा ही नहीं किया तो बाप का अधिकार कैसे चाहते हो? अपनी-अपनी जगह दोनों ही लॉजिक सही हैं। और जब दो लॉजिक हों और दोनों ही अपनी-अपनी जगह सही हों तो झगड़ा स्वाभाविक है। वह झगड़ा शायद इसीलिए था। और जब झगड़ा है तो बोलचाल का बन्द होना अस्वाभाविक नहीं। इसलिए वह औरत अकेली थी। एकदम अकेली।

औरत की शादी चूँकि कम उम्र में हुई थी, इसलिए कम उम्र में ही उसनें एक बेटे को जन्म दिया। उम्रदराज़ शौहर ख़ुशी से झूम उठा। उसने

बेटे का नाम रखा पीर मुहम्मद। मगर पीर मुहम्मद ने तो 'मीर' के इस शे'र को ही झुठला दिया कि 'पीरी में लीं आँखें मूँद।' उसने तो 'ग़ालिब' का 'बाज़ीचः-ए-अत्फ़ाल' भी नहीं देखा। एक साल का होते-होते मर गया।

शौहर ने बीवी को समझाया, "ग़म न करो, अल्लाह और देगा।"

शौहर की बात सही निकली। अल्लाह ने दिया और जल्दी ही दिया। इस बार उसने एक बेटी दी। औरत ने कहा, "मैं तो इसका नाम धनिया रखूँगी।" शौहर ने कहा, "नाम तो हिन्दुआना है, पर तुम्हें अच्छा लगता है तो रख लो।" औरत ने कहा, "मैं इसका ब्याह अपने भाई के बेटे से करूँगी।" शौहर ने कहा, "मंज़ूर।" औरत ने सोचा, 'बड़ी होकर मेरी बेटी धनिए की हरी-हरी पत्तियों जैसी ख़ुशबू बिखेरेगी।'

मगर धनिया तो पल्लवित होने से पहले ही सूख गई। साल भर के अन्दर-अन्दर वह भी चल बसी।

शौहर ने कहा, "दिल छोटा न करो, अल्लाह फिर देगा।" बीवी ने मान लिया। जब पिछली बार शौहर की बात सही निकली तो अब भी निकलेगी।

औरत के भाई ने कहा, "मुझे तो बहना धनिया ही चाहिए।"

औरत भी यही चाहती थी कि बिटिया हो, ताकि अपने भाई को दिया वचन वह निभा सके। मगर चाहने से बिटिया थोड़े होती है। इस बार बेटा हुआ। औरत ने कहा, "इसका क्या नाम रखोगे?" शौहर ने जवाब दिया, "कुछ नहीं। पहले यह जिए उसके बाद नाम रखेंगे।"

और वह बच्चा बग़ैर नाम के ही मर गया।

कहते हैं, इसके बाद वह औरत इतना रोई, इतना रोई कि उसके सारे आँसू सूख गए।

मगर आँखें भी अजीब हैं। वे बंजर नहीं होतीं। कुछ ही दिनों के बाद उनमें फिर आँसू बनने लगते हैं। "आँसू न बनें तो लोग ज़िन्दा कैसे रहें?" डैडी अक्सर कहा करते थे, "रोना एक तरह का टॉनिक है। यह शरीर को शक्ति देता है।"

तो, उस औरत के शरीर में भी शक्ति का संचार हुआ और वह फिर गर्भवती हुई। अबकी उसने कुछ नहीं चाहा। न बेटा न बेटी। बच्चे को जब ज़िन्दा ही नहीं रहना है तो बेटा हो या बेटी, क्या फ़र्क़ पड़ता है?

रावी लिखता है

औरत अनासक्त थी। उसमें कोई उत्साह नहीं था। जो पेट में है, उसे सिर्फ़ पैदा ही तो करना है। उसके बाद तो वही होना है। एक दिन उसका शौहर बाज़ार से गज़-भर कफ़न लाएगा और नन्ही-सी लाश को उसमें लपेटकर, लोग क़ब्रस्तान में गाड़ आएँगे। कुछ दिनों तक वह और रो लेगी। बस। और क्या!

एक दिन यही सब सोचती हुई वह घर-गृहस्थी के कामों में व्यस्त थी कि उसे किसी फ़क़ीर की सदा सुनाई दी, "दे दे बाबा! अल्लाह के नाम पर कुछ दे दे।" दूसरी औरतों की तरह वह औरत भी दान-ख़ैरात किया ही करती थी, इसलिए एक प्लेट में थोड़ा-सा आटा और दो पैसे का सिक्का लेकर वह बाहर निकली। फ़क़ीर दरवाज़े पर खड़ा था। छाती तक झूलती दाढ़ी। बदन पर हरे रंग का चोगा। गले में बड़े-बड़े मनकोंवाली माला। कन्धे पर लटकता हुआ थैला। एक हाथ में दरवेशोंवाला कासा और दूसरे हाथ में साँप-जैसी आकृति का डंडा। औरत ने अपने सिर का आँचल ठीक किया और आटा कासे में डाल दिया। औरत ने दो पैसे का सिक्का बढ़ाया तो फ़क़ीर ने उसे भी ले लिया।

"जा बेटी, तेरा बेटा बड़ा इक़बालमन्द होगा।"

फ़क़ीर की इस दुआ को सुनकर औरत धम्म से ज़मीन पर बैठ गई और फूट-फूटकर रोने लगी। उसकी सूखी हुई आँखों में न जाने बादल के किस टुकड़े ने इतनी बारिश भर दी थी कि उसके रोने से ज़मीन भीग उठी। कहते हैं, अगर वह औरत इसी तरह रोती चली जाती तो जमुना में बाढ़ आ जाती।

फ़क़ीर अपना उब्बक-तुब्बक सँभालकर ज़मीन पर बैठ गया। उसने अपना दाहिना हाथ औरत के सिर पर रखा और बड़े स्नेह के साथ रोने की वजह पूछी, "मैंने तुम्हें दुआ दीं बेटी और तुम रो रही हो। रोने की वजह?"

औरत ने रोते-रोते ही वजह बताई कि अब तक उसके तीन बच्चे हुए, मगर कोई नहीं बचा। एक साल से ज़्यादा की उम्र किसी ने नहीं पाई। जब उसका कोई बेटा ही नहीं है तो इक़बालमन्द भला कौन होगा?

"पगली कहीं की, जो मर गए भला वे कहीं इक़बालमन्द होंगे," फ़क़ीर ने रोती हुई औरत की आँखों में आँखें डालकर कहा, "मैंने तो तुम्हारे

उस बेटे के लिए यह बात कही है, जो अभी तुम्हारे पेट में है। यह जिएगा भी और इक़बालमन्द भी होगा।''

इतना कहकर फ़क़ीर ने अपने थैले से एक तावीज़ निकाली और औरत को उसे देते हुए बोला, ''लो, इस तावीज़ को अपनी कमर में बाँध लेना। जब बच्चा पैदा हो जाए, इसे अपनी कमर से खोलकर बच्चे के गले में डाल देना। इतना ख़याल रखना कि बच्चे के गले से यह तावीज़ कहीं ग़ायब न हो जाए! अगर ग़ायब हो गया तो बच्चे पर मुसीबत टूट पड़ेगी। वह ज़िन्दा तो रहेगा, इक़बालमन्द भी होगा, मगर तुम उसका सुख न देख पाओगी।''

फ़क़ीर की बातें ऐसी थीं कि औरत की रुलाई कब बन्द हो गई, उसे पता ही न चला। फ़क़ीर जब आख़िरी वाक्य बोल रहा था, उस वक़्त औरत उठकर भीतर की ओर लपकी जा रही थी। औरत उसे और कुछ देना चाहती थी।

भीतर जाकर पीतल की थाली में औरत ने ढेर सारा चावल रखा और हाथ में चवन्नी लेकर बाहर निकली। मगर फ़क़ीर दरवाज़े पर नहीं था।

कहते हैं, औरत ने फ़क़ीर को पूरे गाँव में ढुँढ़वाया। आसपास के बाग़-बगीचों में ढुँढ़वाया, तालाब और नाले के इर्द-गिर्द ढुँढ़वाया मगर फ़क़ीर कहीं नहीं मिला। औरत कई दिनों तक चावल की उस थाली को और उस चवन्नी को उसी तरह सहेजे रखी।

वक़्त आने पर औरत ने एक बेटे को जन्म दिया। मगर बजाय ख़ुश होने के औरत फिर रो पड़ी। गाँव की औरतों को तअज्जुब हुआ। इस औरत को फ़क़ीर की बातों पर विश्वास नहीं! औरत ने कहा, ''कैसे यक़ीन करूँ, असगुन ही असगुन तो हैं।'' तब औरतों ने सोचना शुरू किया, कि भला कौन-से असगुन हैं? और असगुन साफ़ नज़र आए।

बच्चा जुमेरात के दिन पैदा हुआ था।

लोगों का मानना था कि जो बच्चा जुमेरात के दिन पैदा होता है, वह ज़्यादा दिनों तक ज़िन्दा नहीं रहता।

बच्चा अरबी महीने की अठारह तारीख़ को पैदा हुआ था।

उत्तर भारत के मुसलमान अरबी महीनों के तीन, तेरह, तेईस और

आठ, अठारह, अट्ठाईस तारीख़ों को नहुश यानी अशुभ मानते थे।

और फिर, जिस दिन बच्चा पैदा हुआ, 'अंग्रेज़ी महीने' की तारीख़ तीन थी और महीना आठवाँ।

एक नहीं, कई-कई असगुन!

औरत भला क्यों न रोती!

"न रो बिट्टन, एक काम कर," एक बूढ़ी औरत ने उसे समझाते हुए कहा, "अपने लाल को किसी के हाथ बेच दे। यह तेरी क़िस्मत से न सही, किसी और की क़िस्मत से ही शायद जी जाए।"

तब उस औरत ने अपने फूल जैसे लाल को पड़ोस की हलवाइन के हाथों बेच दिया। तराज़ू के एक पलड़े पर बच्चे को लिटाया गया और दूसरे पलड़े पर गुड़ की जलेबी चढ़ाई गई। जब बच्चे के वज़न बराबर जलेबी चढ़ गई तो बच्चे को हलवाइन की गोद में दे दिया गया और जलेबी गाँव के बच्चों को बाँट दी गई। कम पड़ी तो हलवाइन ने और जलेबी दे दी।

कहते हैं, हलवाइन के सभी बच्चे ज़िन्दा थे इसीलिए वह बच्चा भी ज़िन्दा रह गया। मगर औरत की साँस में साँस तो तब आई, जब बच्चे ने एक साल की उम्र पूरी कर ली। साल भर तक वह औरत अपने बेटे को 'हलवाइन का बेटा' ही कहती रही। अपना बेटा, साल भर के बाद ही कहा। वह भी डरते-डरते।

यह क़िस्सा सुनाने के बाद डैडी ने हमें बताया कि वही औरत तुम्हारी दादी थी।

हमें याद नहीं कि डैडी ने जब यह क़िस्सा हमें सुनाया था तो हमारी आँखों में आँसू आए थे या नहीं? मगर आज तो लगता है कि रोऊँ और बस रोती ही चली जाऊँ।

काश, डैडी के गले से वह तावीज़ ग़ायब न होती। डैडी ने बाद में हमें बताया था कि जब वे दस-बारह साल के थे तब वह तावीज़ अचानक कहीं खो गई थी। उन्होंने बहुत ढूँढ़ा, पर वह नहीं मिली। डैडी जब स्कूल से घर लौटते तो दादी सबसे पहले उनका गला छूकर देखतीं कि तावीज़ है या नहीं? उस दिन भी छुआ।

"तावीज़ बेटा?"

दादी ने बस इतना ही कहा। डैडी को न उन्होंने मारा, न डाँटा। बस ख़ामोश हो गईं।

और ऐसी ख़ामोश हुईं कि महीने भर के अन्दर बिलकुल ही ख़ामोश हो गईं।

अब मैं रोऊँ तो किसके लिए रोऊँ?

दादी के लिए या डैडी के लिए?

और दादा?

दादी की तरह ही हमने अपने दादा को भी नहीं देखा था। दादा कैसे थे? लम्बे या नाटे? गोरे या साँवले? हमारे नाना की तरह सीधे-सादे या फिर डैडी की तरह ग़ुस्सैल? हाँ, डैडी को बहुत ग़ुस्सा आता था। जब उन्हें ग़ुस्सा आता तो इतनी तेज़ आवाज़ में चीख़ते कि मकान हिलने लगता था। हम उनका ग़ुस्सा देखते ही सामने से हट जाते थे। कुछ सवाल करते तो हमसे कुछ बोला ही न जाता। गुल्लू—यानी हमारा छोटा भाई उनका बहुत चहेता था; मगर वह भी उनके ग़ुस्से से नहीं बच पाता था। वैसे सबसे ज़्यादा चहेती तो शायद मैं थी। जानते हैं क्यों? क्योंकि सबसे ज़्यादा ग़ुस्सा उन्हें मुझ पर आता था। कहावत है न, अगर न हो कहावत तो भी, कि आदमी जिसे बहुत प्यार करता है उसी पर उसे ग़ुस्सा भी आता है। डैडी भी तो दादा के चहेते थे। इसलिए कम से कम उन पर तो ज़रूर ग़ुस्सा करते होंगे। मैंने एक बार डैडी से दादा के ग़ुस्से के बारे में पूछा था। जवाब उन्होंने टेढ़ा-सा दिया था। बोले, "अपने दादा के बारे में तुम इतने सवाल पूछती हो कि जवाब देने में मुझे परेशानी होती है। अरे, ग़ुस्सा तो हर आदमी को आता है। उन्हें भी आता रहा होगा। कभी मुझ पर भी ग़ुस्साए होंगे।"

"फिर भी..." मैंने छेड़ने की कोशिश की तो डैडी भड़क गए। "क्या फिर भी? उन्हें इस तरह के छोटे-छोटे सवालों से नहीं समझा जा सकता। तुम उपन्यास पढ़ती हो न! समझ लो वे उपन्यास थे। अब उपन्यास को तो पूरा का पूरा पढ़कर सुनाना मेरे बस की बात नहीं है।"

मैं चुप।

मैंने बहुत सोचने की कोशिश की कि डैडी ने आख़िर दादा को उपन्यास क्यों कहा? मगर मेरी समझ में कुछ नहीं आया।

रावी लिखता है

क्या यही वजह है कि दादा का ख़याल तो आया पर मैं यह तय नहीं कर पाई कि क्या मैं दादा के लिए भी रो सकती हूँ? सवाल यह भी तो है कि किस-किसके लिए रोएँ? और फिर रोएँ ही क्यों?

मैं आईने के सामने जाकर खड़ी हो गई। देखा, मेरी आँखें अब तक डबडबाई हुई थीं।

रावी

अपने दादा की पोती और अपने डैडी की बेटी—यह लड़की दिन भर की भाग-दौड़ के बाद, शाम को जब कमरे में लौटी तो अपनी आदत के मुताबिक़ कपड़े बदलकर और हाथ-मुँह धोकर गिलास में अंगूर का जूस लिये कम्प्यूटर के सामने बैठ गई। कम्प्यूटर में यह लड़की सबसे पहले अपना ई-मेल चेक करती है। उस दिन भी किया। ज़्यादातर सामान्य सन्देश थे। उन्हें हटाते-हटाते हठात् एक सन्देश पर रुक गई। 'मैं कल मास्को पहुँच रही हूँ। तुम्हारी दुश्मन।"

लड़की हँस दी। यह उसकी छोटी बहन का सन्देश था। वार्सा से। "आओ। यहाँ चाँटा पड़ेगा।" लड़की ने छोटी बहन को फ़ौरन अपना सन्देश भेजा और फिर दुनिया-जहान के समाचार पढ़ने लगी।

कम्प्यूटर से मुक्त होकर उसने अपने लिए सब्ज़ियों का सूप तैयार किया। उस वक़्त उसे फिर डैडी की याद आई। साथ ही अम्मीं की भी। अम्मीं और डैडी उसकी वजह से कितना परेशान रहते थे। उनके बार-बार कहने पर भी वह सब्ज़ी नहीं खाती थी। बग़ैर गोश्त के वह खाना नहीं खाती थी। और अब है कि गोश्त के मुक़ाबले सब्ज़ियाँ ज़्यादा अच्छी लगती हैं।

सोचते-सोचते बहन याद आ गई। बहन को याद करते हुए अम्मीं कुछ ज़्यादा ही याद आईं। जब वे नानी के यहाँ पहुँचती थीं तो किस तरह उनकी बहनें उनसे लिपटकर मिलती थीं। वापसी में किस तरह वे सब रोती थीं। अम्मीं

भी रोती थीं। अगर यहाँ के लोग रोएँ तो? अच्छा-ख़ासा तमाशा हो जाएगा।

सूप अच्छा बना था, मगर उससे पिया नहीं गया। शायद यादों ने उसकी लज़्ज़त को नष्ट कर दिया था। बचपन में किस तरह दोनों बहनें लड़ती थीं। धौल-धप्पा, मारपीट! कभी-कभी तो किसी नाटक जैसा सीन हो जाता था। और अब है कि छोटी बहन आ रही है तो अपने साथ सूप की लज़्ज़त नष्ट कर देनेवाली यादें लेकर। "सच में उसे चाँटा मारूँगी।" यह सोचती हुई वह मुस्कुराई। फिर नैपकिन से मुँह पोंछती हुई उठी और बिस्तर में जा घुसी।

अगले दिन छोटी बहन आई तो ऐसा बिलकुल नहीं लगा कि वह किसी दूसरे देश से आई है। वार्सा और मॉस्को में फ़र्क़ ही क्या है? एक जैसी इमारतें। एक जैसे पार्क। पूरा का पूरा यूरोप ही लगभग एक जैसा है। और फिर दूरी ही कितनी है?

दोनों बहनें तैयार होकर बाहर निकल गईं और एक रेस्तराँ में जा बैठीं। जैसे किसी फ़िल्म की शूटिंग के लिए वहाँ पहुँची हों। कैमरे तैयार; बस संवाद बोलने हैं। कॉफ़ी के प्यालों के साथ शुरू हो गईं :

छोटी बहन : आजकल क्या चल रहा है?

बड़ी बहन : वह तो बिलकुल नहीं जो तुम सोच रही होगी।

छोटी : फिर?

बड़ी : याद आ रही है।

छोटी : किसकी?

बड़ी : डैडी की।

छोटी : वाह अप्पी, क्या ज़बरदस्त बात कही है आपने! अरे, डैडी की याद तो हमें भी आती है। इसमें नई बात क्या है?

बड़ी : नई बात यह है कि एक दिन मैं रो पड़ी।

छोटी : सच?

बड़ी : हाँ, सच।

छोटी : डैडी की इतनी याद आई!

बड़ी : डैडी की याद तो हमेशा आती है, उस दिन दादी याद आ गई थीं।

छोटी : और दादा?

बड़ी : यही सवाल तो मेरे अन्दर भी उठा।

छोटी : यानी दादा की याद आने पर रुलाई शायद न आए, क्यों?

बड़ी : पता नहीं।

छोटी : एक बार दादा को डैडी पर बहुत ग़ुस्सा आया था। वे कहीं जाने को तैयार थे और डैडी साथ जाने के लिए ज़िद कर रहे थे। जब बार-बार समझाने पर भी नहीं माने तो दादा ने उनकी जमकर पिटाई की थी। अब ऐसे आदमी को याद करके भला कोई रोएगा?

बड़ी : यह झूठ है।

छोटी : झूठ नहीं, सच है। एक बार यह बात डैडी ने ही बताई थी। आप सो गई थीं, इसलिए नहीं सुन सकीं।

बड़ी : तो इसका मतलब यह है कि दादा को भी ग़ुस्सा आता था।

छोटी : तुम कहती हो ग़ुस्सा! वे तो अपने आपमें ग़ुस्सा थे। उनके ग़ुस्से के डर से औरतें हँसती नहीं थीं। रोते हुए बच्चे चुप हो जाते थे...

बड़ी : मगर डैडी तो कहते थे, वे उपन्यास थे।

छोटी : रहे होंगे। जैसे जासूसी उपन्यास होते हैं वैसे ही शायद वे ग़ुस्सावी उपन्यास रहे होंगे।

बड़ी : मगर उपन्यास में तो कैरेक्टर्स होते हैं।

छोटी : तो उनमें भी कैरेक्टर्स रहे होंगे।

बड़ी : कैसे?

इसके बाद छोटी बहन देर तक न जाने क्या-क्या बोलती रही। बड़ी बहन बस उसके चेहरे को देखती रही। बोली कुछ नहीं।

कहते हैं, अच्छा काम करने बैठो तो शैतान बहकाता है। शैतान की ख़ाला, यानी मेरी छोटी बहन ने वही किया। आई और बहकाकर चली गई। कह रही थी, हमारे दादा कोई ग़ुस्सावी उपन्यास रहे होंगे। मुझे तो नहीं लगता। जैसे हमारे डैडी, वैसे ही वे डैडी के डैडी। हमें उनकी इज़्ज़त करनी चाहिए।

यही सब सोचती-सोचती मैं सो गई।

और उस रात, बहुत अरसे के बाद मैंने एक ख़्वाब देखा।

क्या देखती हूँ कि मैं जन्नत में टहल रही हूँ। वहाँ की नहरें, वहाँ के बाग़, वहाँ के फल-फूलें सब वैसे ही थे; जैसा कि मैंने पढ़ रखा था। मैं एक पेड़ के नीचे खड़ी हो गई। आँखें ऊपर उठाईं तो क्या देखती हूँ कि पेड़ सेब के फलों से लदा हुआ है और कई-कई सेब एक साथ नीचे बढ़े आ रहे हैं। मैं डरकर भागी। तभी किसी ने आवाज़ दी, "डरो मत बेटी, इधर आओ," आवाज़ की तरफ़ देखा तो वहाँ एक फ़रिश्ता खड़ा था। उसने कहा, "लो।" और एक पुलिन्दा मेरी तरफ़ बढ़ा दिया। मैंने पूछा, "क्या है?" तो बोला, "तुम्हारे दादा की कहानी।" मैंने पुलिन्दा ले लिया और पन्ने पलटने लगी।

दादा की कहानी : रावी की ज़बानी

बाहर से ऊँट के बलबलाने की आवाज़ आई तो दीन मुहम्मद उठ बैठे। उन्होंने अपनी सबसे छोटी बेटी बबना को पुकारा और दरवाज़ा खोलने के लिए कहा। बबना दौड़ी-दौड़ी आई और बीच का साँकल खोलती हुई बाहर निकल गई। फिर उलटे पाँव वापस लौटकर चिल्लाने लगी : "वल्ली भइया आ गए, वल्ली भइया आ गए..."

सर्दियों के दिन थे। बाहर शीतलहर बह रही थी। वली मुहम्मद ने ऊँट को उसके खूँटे से बाँधा और पीठ पर एक बोरिया-सी लादे भीतर घुस आए।

"इस साल जाड़ा बहुत पड़ रहा है अब्बा!"

वली मुहम्मद ने किवाड़ भेड़कर बोरिया नीचे धरते हुए कहा तो दीन मुहम्मद ने बड़े प्यार के साथ अपने छोटे बेटे को देखा। बबना भीतर घुसकर चूल्हे के पास बैठ गई थी। चूल्हे में महुवे की गीली लकड़ियाँ चट्ट-चट्ट आवाज़ करती हुई जल रही थीं और लच्छी देवी यानी दीन मुहम्मद की पत्नी पतीली में भेड़ के बच्चे का गोश्त भून रही थीं। भुनते हुए गोश्त और मसाले की गन्ध दालान तक में बसी हुई थी।

दीन मुहम्मद प्रौढ़ हो गए थे। उनका क़द नाटा और रंग साँवला था। वे सदैव आधी टाँग की तहबन्द और एक बंडी पहना करते थे। सर्दियों में बंडी की जगह रुइहा—यानी रुई भरी हुई गरम बंडी। उनकी पहली स्त्री अरसा पहले मर गई थीं, जिनसे कोई सन्तान नहीं थी। लच्छी देवी दूसरी

पत्नी थीं। वे हिन्दू थीं। मगर, स्वयं दीन मुहम्मद भी कहाँ के अरबिउन्नसल थे? वे एक नवमुस्लिम घराने में पैदा हुए थे और चेहरे पर एक विशेष प्रकार की दाढ़ी के अलावा दूसरा कोई ऐसा लक्षण नहीं था, जो उन्हें मुसलमान साबित करता।

दीन मुहम्मद निरक्षर तो नहीं थे, पर उन्हें साक्षर भी नहीं कहा जा सकता। इस्लाम धर्म का अनिवार्य धर्म ग्रन्थ 'क़ुरान शरीफ़' उनकी विद्या के दायरे में आने को तरस गया! मदरसे का उन्होंने मुँह नहीं देखा। एक पंडितजी से थोड़ी-सी देवनागरी लिपि सीखी भी तो मात्राओं का ज्ञान प्राप्त करने से पूर्व ही वे शिक्षा से विरक्त हो गए। फलतः अपना नाम इस प्रकार लिखा करते थे–दन महमद।

लच्छी देवी से उनकी आठ सन्तानें थीं–तीन पुत्र और पाँच पुत्रियाँ। पुत्रों में सबसे बड़े बक़रीदी लड़कपन में ही घर से भाग गए थे। दूसरा पुत्र फ़तेह मुहम्मद अपनी बड़ी बहन के यहाँ रहकर कारोबार देख रहा था। तीसरा वली मुहम्मद जिसे घर में सब वल्ली कहते थे। वह सिर्फ़ बारह-तेरह बरस का था, मगर बहुत ज़हीन और व्यापार-कुशल! बेटियाँ पाँच थीं, जिनमें से चार ब्याही जा चुकी थीं। बबना अभी छोटी थी और उसका शारीरिक विकास भी असामान्य ढंग से हो रहा था। देखने में वह नाटी क्या, कुछ-कुछ बौनी जैसी लगती थी।

लच्छी देवी के बारे में तरह-तरह की अफ़वाहें थीं। गाँव के अधिकांश लोग यही कहते थे कि वे चमारिन हैं। मगर यह बात इसलिए सही नहीं लगती थी कि गाँव में उनके नाम पर सत्तर पेड़ोंवाली एक ख़ूब बड़ी-सी अमराई थी, जो उन्हें दहेज में मिली थी।

दीन मुहम्मद की जायदाद में इस बाग़ के अलावा भी दो बाग़ थे और कुछ धनहा खेत। एक बाग़ में आम के तीन पेड़, महुवे के पाँच, आँवले के दो, एक कैथे का, एक कदम्ब का और दो-तीन बेर के पेड़ थे। दूसरे में कुछ पेड़ आम के और कुछ 'खिन्नी' के थे, जिनमें छोटे-छोटे लम्बोतरे फल लगा करते थे जो पक जाने पर पीले हो जाते थे और ख़ूब मीठे लगते थे। उस बाग़ में एक कच्चा कुआँ तथा एक तरफ़ पारिवारिक क़ब्रस्तान भी था।

बबना बोरसी धधकाकर दालान में रख गई थी और बाप-बेटे आमने-

सामने बैठकर अपनी देह तपा रहे थे। वे किसी का इन्तज़ार कर रहे थे।

"इस बार तो लगता है, काफ़ी मुनाफ़ा हुआ है!"

दीन मुहम्मद ने पास रखी बोरिया की तरफ़ लालच-भरी आँखों से देखते हुए कहा तो वली मुहम्मद का किशोर चेहरा अपनी आशंसा की दीप्ति से चमक उठा। वह भीतर ही भीतर प्रसन्न हुआ, मगर अपनी प्रसन्नता को उसने प्रकट नहीं किया।

"हाँ, माल भी तो ज़्यादा था।"

उसने सहज भाव से बस इतना ही कहा और ताक पर रखी ढिबरी को ताकने लगा, जिसकी बत्ती की फुनगी पर ख़ूब गोल-सी काली लौ जम गई थी और जिसकी वजह से उसका प्रकाश कुछ मन्द पड़ गया था।

बाहर की साँकल धीमे से खड़की, फिर उढ़के हुए किवाड़ खुले और चिराग़ मुहम्मद अन्दर दाखिल हुए। उनके आते ही वल्ली उठकर बाहर चला गया। अब उसकी जगह चिराग़ मुहम्मद बोरसी के पास बैठ गए।

"बाहर बहुत जाड़ा है।" उन्होंने आग पर हाथ फैलाकर हथेलियों को उलटते-पुलटते हुए कहा।

"हाँ, इस साल बारिश भी तो ख़ूब हुई है।"

"मगर लोग तो कहते हैं कि जिस साल बारिश ख़ूब होती है, जाड़ा कम पड़ता है।"

"लोग ऐसे ही कहते हैं। वे नहीं जानते।"

दीन मुहम्मद ने यह वाक्य इतने आत्मविश्वास के साथ कहा मानो प्रकृति का सारा रहस्य केवल उन्हीं को ज्ञात हो। हालाँकि खेती-बाड़ी के काम में भी वे सिफ़र थे। जुतवाने, बुवाने और फ़सल कटवाने का सारा ज़िम्मा चिराग़ मुहम्मद पर था।

चिराग़ मुहम्मद दीन मुहम्मद के चचेरे भाई थे। उम्र में बस चार-पाँच बरस छोटे थे, मगर अभी जवान दीखते थे। उनका क़द लम्बा और बदन छरहरा था। चेहरे पर छोटी-सी दाढ़ी अच्छी लगती थी। उनके पिता बहुत बूढ़े हो चुके थे। अतः अपने परिवार का सारा दायित्व उन्हीं पर था। वे फ़िलहाल दूसरे मकान में रहते थे। मगर इस मकान में भी उनका हिस्सा था। जायदाद में तो था ही। चिराग़ मुहम्मद बचपन से ही अपने पिता के साथ

व्यापार में लगे हुए थे इसलिए वे बहुत अनुभवी हो गए थे। दीन मुहम्मद चाहते थे कि उनके साथ रहकर वल्ली भी व्यापार की कला सीख ले। सो, पहली बार वह देसावर के लिए निकला था।

"वल्ली ने कुछ सीखा?"

"हाँ..."

अभी चिराग़ मुहम्मद ने बस इतना ही कहा था कि किवाड़ फिर खुले और वल्ली बग़ल में तराज़ू दबाए भीतर घुसा। अबकी उसने अन्दरूनी साँकल लगा दी।

महीने में बहुत नहीं, पर एक बार तो ऐसा होता ही था कि उन्हें तराज़ू की ज़रूरत पड़ती थी। मगर न तो दीन मुहम्मद ने अब तक कोई तराज़ू ख़रीदा था और न ही चिराग़ मुहम्मद ने। अतः जब भी ज़रूरत पड़ती, वल्ली बग़ल के हलवाई के घर जाता और तराज़ू माँग लाता। गाँव-घर के बहुत-से काम इसी प्रकार माँग-जाँच कर चलते थे।

दीन मुहम्मद ने बहुत एहतियात के साथ बोरिया खोली। भीतर एक खनक सी पैदा हुई, जैसे मद्धिम सुर में घुँघरू बजे। उन्होंने बोरिया उलट दी और गोबर-लिपे कलछौंहे फ़र्श पर चाँदी के चमचमाते हुए विक्टोरियन सिक्के बिखर गए। ताल के जल पर खिली हुई कुमुदिनियों की तरह दीन मुहम्मद की आँखें फैल गईं।

चिराग़ मुहम्मद ने सिक्कों को तराज़ू के पलड़ों पर बराबर-बराबर रखा और एक तरफ़ के सिक्के वल्ली की तरफ़ गिरा दिए। दूसरी तरफ़ के सिक्कों को दुबारा बोरी में भरकर पूर्ववत् उसका मुँह बाँध दिया।

"बबना! सूप ले आना तो।"

वल्ली ने वहीं से आवाज़ लगाई तो लच्छी देवी ख़ुद सूप लेकर बाहर आ गईं। उन्होंने सिक्कों को बटोरकर सूप में भरा और खिले मन से वापस लौट गईं। जाते-जाते सिर्फ़ इतना बोलीं, "खाना खाके जाना चिराग़। भेड़ का गोस पका है।"

चिराग़ मुहम्मद मुख्यतः गौलोचन का व्यापार करते थे। मगर कभी-कभार

साँप और गोह की खालें भी ले आते थे और चोरी-छिपे उन्हें दूर-दराज़ के व्यापारियों के पास ले जाकर बेचते थे। यह सारा काम जोखिम-भरा था। लेकिन वे कहा करते थे, "व्यापार नाम ही है जोखिम का। वैसे तो आदमी की पूरी ज़िन्दगी ही जोखिम है। चरिन्द-परिन्द कोई जोखिम नहीं उठाते। एक बस आदमी ही है जो जोखिम उठाता है। और वह चूँकि जोखिम उठाता है, इसीलिए तरक़्क़ी करता है।" सो दीन मुहम्मद चाहते थे कि उनका बेटा वल्ली भी जोखिम उठाए और तरक़्क़ी करे।

लेकिन वली मुहम्मद जोखिम का यह व्यापार बहुत दिनों तक नहीं कर सके। दिन-ब-दिन अंग्रेज़ों का आतंक बढ़ता जा रहा था। और अब तो उस गाँव में भी उनकी एक छावनी पड़ गई थी। अंग्रेज़ सिपाही देसी व्यापारियों पर कड़ी निगरानी रखते थे। चिराग़ मुहम्मद तो ख़ैर तपे-तपाए व्यक्ति थे, मगर दीन मुहम्मद अपने बेटे की जान को लेकर भयभीत रहने लगे।

उधर वल्ली का हाल यह था कि वह पढ़ना चाहता था। और एक दिन उसने अपना इरादा पक्का कर लिया।

और वल्ली गाँव के मौलवी साहब के यहाँ 'बड़ी चीज़' यानी क़ुरान शरीफ़ पढ़ने जाने लगा। मौलवी साहब चूँकि न सिर्फ़ अरबी के विद्वान थे, बल्कि उन्हें अच्छी-ख़ासी फ़ारसी भी आती थी। उर्दू तो वे जानते ही थे, इसलिए वह क़ुरान शरीफ़ के अलावा फ़ारसी और उर्दू भी पढ़ा करता था! कालान्तर में तो वल्ली ने अलिफ़ लैला, क़िस्सः-ए-चहार दरवेश और न जाने क्या-क्या चीज़ें पढ़ डालीं।

उन्हीं दिनों दीन मुहम्मद को व्यापार में ज़बरदस्त घाटा हुआ और अपना सारा क्षोभ उन्होंने बेटे पर उतारा।

"पढ़-लिख के न जाने क्या बनेगा यह? दिन-रात वही किताब, वही किताब! किताब क्या खाने को देगा बे? काम नहीं करना है तो निकल घर से। भाग जा तू भी बक़रीदी की तरह...।"

वल्ली चुप रहा।

उसने पढ़ाई बन्द कर दी।

मगर व्यापार में उसका मन लगा नहीं, गोह और साँप की खालों से ही नहीं, विक्टोरिया के सिक्कों से भी उसे उबकाई आती थी।

तभी एक रोज़ उसने देखा, दरवाज़े पर बँधा हुआ ऊँट बड़े स्वाद के साथ नीम के डंठल चबा रहा था। और उसने सोचा, ज़िन्दगी तो नीम का डंठल है और इसे चबाना ही होगा।

चिराग़ मुहम्मद के पिता का इन्तकाल हो गया।

गर्मियों के दिन थे। लोग सुबह-सवेरे जाग जाते थे। और सूरज निकलने से पहले ही अपने-अपने काम पर निकल जाते थे। जिन्हें सफ़र करना होता, वे तो अँधेरे-मुँह ही घर से चल पड़ते थे। जहाँ तक हो सके, ठंडे-ठंडे पहुँच जाएँ; वरना सूरज निकलते ही आग बरसने लगेगी।

उन दिनों गौलोचन ख़ूब मिल रहा था और व्यापार के लिए सुनहरा मौक़ा था। मगर पिता की बीमारी ने चिराग़ मुहम्मद के पाँव बाँध रखे थे। पहले तो आसपास के वैद्य-हकीमों का इलाज हुआ, मगर जब कोई फ़ायदा नहीं हुआ तो आख़िरकार उन्हें शहर के अंग्रेज़ी अस्पताल में दिखाया गया। वहाँ डॉक्टर ने अंग्रेज़ी मशीनों से उनकी जाँच की और ढेर सारी गोलियाँ थमा दीं।

"इसे दिन में तीन बार, इसे दो बार और इसे रात में सोने से पहले।" इतना कहकर क़रीब-क़रीब घूरते हुए वह बोला, "साथ में सख़्त परहेज़ करना होगा। गोश्त खाना बिलकुल बन्द कर दें।"

वापसी में, इक्के पर रखे तकिए पर टेक लगाते हुए चिराग़ मुहम्मद के पिता ने बेटे से कहा, "दवाइयाँ फेंक दो।"

"क्यों?" चिराग़ को आश्चर्य हुआ।

"मैं इन्हें नहीं खाऊँगा।"

"मगर क्यों?"

"क्योंकि इनमें परहेज़ का जाला लगा है।"

"क्या मतलब?"

"मैं गोश्त खाना नहीं छोड़ सकता।"

"मगर...!"

"यही न कि बरस भर जीना होगा तो छः महीने जियूँगा! बहस

मत करो।''

चिराग़ मुहम्मद चुप रहे। उन्होंने पिता के आदेश का पालन किया। दवाइयाँ बग़ल के खेत में फेंक दीं। खेत में मसूर लगी हुई थी। उन नन्हे-नन्हे देसी पौधों के बीच अंग्रेज़ी गोलियाँ एकदम ऐसी दिखाई पड़ रही थीं मानो देसी स्त्रियों से घिरी मेमें बैठी हों। चिराग़ मुहम्मद क्षण भर तक उस दृश्य को देखते रहे, फिर इक्का आगे बढ़ गया।

घर आकर पिता ने भुने हुए क़ीमे के साथ जौ की एक पतली-सी रोटी खाई और कराहते हुए बिस्तर पर पड़ रहे।

चिराग़ मुहम्मद के पिता गोश्त खाने के बड़े शौक़ीन थे। दाल के सम्बन्ध में उनका तर्क था कि दाने के साथ दाने को नहीं खाना चाहिए। दाना और दाना भाई-बहन के समान होते हैं। जैसे भाई-बहन का विवाह नाजायज़ है उसी तरह दाने को दाने के साथ खाना भी नाजायज़ है। और साग-सब्ज़ियों को वे घास-पात कहा करते थे। यही नहीं, उनका यह भी विचार था कि साग-सब्ज़ी काफ़िरों की ग़िज़ा है और अहले-सुन्नत को इन चीज़ों से परहेज़ करना चाहिए।

चिराग़ मुहम्मद के पिता न सिर्फ़ गोश्त खाने के शौक़ीन थे बल्कि गोश्त के वे पारखी भी थे। किस जानवर के किस हिस्से का गोश्त उत्तम होता है, यह ज्ञान पूरे जवार भर में सिर्फ़ उन्हीं के पास था। अगर कोई पूछता, ''अच्छा दादा, यह बताइए कि मुर्ग़े का कौन-सा हिस्सा लज़ीज़ होता है?'' तो वे तत्काल उत्तर देते, ''पोस्त।''

''पोस्त? ये क्या होता है?''

''इसीलिए चिल्लाता हूँ कि कुछ पढ़-वढ़ लो। फ़ारसी में खाल को पोस्त कहते हैं। समझे? मुर्ग़े के जिस्म में उसकी खाल से बढ़कर कोई भी चीज़ लज़ीज़ नहीं है!''

चिराग़ मुहम्मद अपने पिता की इस तरह की बातों से बहुत चिढ़ते थे। पिता की अनेक कोशिशों के बावजूद वे पढ़-लिख नहीं सके थे। उनका सारा ध्यान व्यापार में था। शायद, चिढ़ की वजह यही थी; और कुछ नहीं। इसलिए ऐसी बातों को सुनने के बाद वे अक्सर ही कुछ न कुछ बुदबुदाया करते थे। कभी कहते, ''फ़ारसी पढ़कर क्या करेंगे हम? पढ़ें फ़ारसी बेचें

तेल! फ़ारसी पढ़कर तेली बनने से तो यही अच्छा है कि अपने दीन में रहें और रोज़ी-रोटी कमाएँ।"

चिराग़ ने फ़ारसी पढ़ने के सम्बन्ध में एक और क़िस्सा कहीं से सुन रखा था। सो, कभी-कभी वे उसे भी प्रस्तुत करने से न चूकते थे। कहते, "हाँ-हाँ, इनके हिसाब से सब लोग अगर फ़ारसी पढ़ लें तो मरते वक़्त कोई पानी देनेवाला भी न होगा। किसी ने ये जो कहा है तो क्या ग़लत कहा है कि :

गए फ़ारस बेटा सीख आए फ़ारसी बानी
आब आब कह मर गए, खटिया तरे रहा पानी।"

मगर उनके पिता पर अपने पुत्र की इन टिप्पणियों का कोई असर नहीं होता था। वे फ़ारसी-अरबी के आलिम थे और चाहते थे कि अगली नस्ल के बच्चे भी फ़ारसी-अरबी पढ़ें। वल्ली जब पढ़ाई में जुटा तो सुनकर वे काफ़ी ख़ुश हुए थे।

जानवरों के लज़ीज़ हिस्सों के सम्बन्ध में उनके पास ढेरों कहानियाँ भी थीं, जिन्हें वे गाहे-बगाहे लोगों को सुनाया करते थे। और गाँव-जवार के वे लोग, जिन्हें कभी-कभार ही गोश्त खाना नसीब होता था, ऐसे क़िस्सों को सुनकर जिज्ञासावश दूसरे तमाम जानवरों के लज़ीज़ हिस्सों के बारे में प्रश्न किया करते थे। मगर चिराग़ के पिता ने कभी यह नहीं कहा कि इस जानवर के बारे में उन्हें कुछ नहीं पता। अगर कोई पूछता, "अच्छा दादा, बकरे का कौन-सा हिस्सा लज़ीज़ होता है?" वे फ़ौरन बताते, "दस्त। समझ में आया? अगले पैर को दस्त कहते हैं। फ़ारसी में दस्त के मानी हैं हाथ।"

"और भेड़?"

"भेड़ का गोश्त मीठा होता है, वह मुझे पसन्द नहीं। हाँ, दुम्बा अच्छा होता है। मगर वह यहाँ मिलता नहीं।"

"दुम्बा क्या होता है दादा?"

"वह भी एक क़िस्म का भेड़ ही है, मगर उसकी दुम की बनावट अलग होती है। अपने यहाँ गेहूँ पीसने की चक्की होती है न, बिलकुल इसी तरह होती है। ख़ूब चर्बी से भरी हुई। दुम्बे की दुम बहुत लज़ीज़ होती है।"

उनकी बातें इसी क़िस्म की होती थीं। गोश्त के मामले में वे एक

छोटे-मोटे इन्साइक्लोपीडिया थे। कहते, "गाय का सीना लज़ीज़ होता है। भैंस का गोश्त बादी है, कम खाना चाहिए। रोझ यानी नीलगाय का गोश्त खट्टा होता है, पर उसका कबाब अच्छा होता है। ऊँट का गोश्त नमकीन होता है, उसका भी सिर्फ़ कबाब अच्छा होता है। हिरन का गोश्त सबसे बढ़िया। उसका अंग-अंग लज़ीज़ होता है। ख़रगोश का गोश्त सख़्त होता है, मगर बुरा नहीं। चिड़ियों में बटेर सबसे अच्छी। सुर्ख़ाब भी लज़ीज़ होता है, मगर लहसुन-प्याज़ ख़ूब डालना चाहिए। बतख़ बिसाहिन होती है। कबूतर का गोश्त सख़्त होता है, पर बढ़िया। मगर मुसलमानों को उसे नहीं खाना चाहिए। कबूतर तो हज़रत अली के सिपाही हैं। वे बहादुर होते हैं। ज़िबह होते वक़्त भी उनकी आँखें खुली रहती हैं। वे मरते नहीं, शहीद होते हैं। मोर का गोश्त हर आदमी को नहीं खाना चाहिए। कहते हैं मोर खाने से कोढ़ होता है, क्योंकि मोर साँप खाता है। मगर जो हज़्म कर ले, उसे कुछ नहीं होता। हाँ, गौरैया का गोश्त बहुत गरम होता है। गौरैया नामर्दों को मर्द बना सकती है...।"

फिर वे एक क़िस्सा सुनाते कि किस प्रकार एक राजकुमार ने किसी राजकुमारी की यह इच्छा पूरी की कि वह एक रात में उसके साथ साठ बार सम्भोग करे। उन्होंने बताया कि राजकुमार ने छः गौरैयों का गोश्त खाया और राजकुमारी की इच्छा पूरी की। यानी एक गौरैया का गोश्त खाकर एक साथ दस बार सम्भोग किया जा सकता है।

पता नहीं चिराग़ मुहम्मद के वालिद ने इतने सारे जानवरों और पक्षियों का गोश्त खाया था या नहीं, पर उनकी बातें सबको विश्वसनीय लगती थीं। हालाँकि गाँव-जवार में सिर्फ़ बकरे का गोश्त ही सहजतया उपलब्ध था। हफ़्ते में दो बार बाज़ार में और कभी-कभी कोई चिकवा गाँव में भी घूम जाता था। गाय का गोश्त कभी-कभी। और रोझ? वह तो साल में शायद एकाध-बार ही मिल पाता था। दूसरे जानवरों के गोश्त का तो बस नाम ही सुनने में आता था। वे कब, कहाँ और कैसे खाते थे, यह बात और तो और उनके बेटे चिराग़ मुहम्मद को भी नहीं मालूम थी। लेकिन गोश्त उनके भोजन का अनिवार्य अंग था, यह सभी जानते थे। गोश्त न हो तो मछली या फिर अंडा। मगर दाल-साग बिलकुल नहीं।

चिराग़ मुहम्मद के वालिद मछलियों के मामले में भी अपनी पसन्द को ही तरजीह देते थे। यानी हर तरह की मछली नहीं खाते थे। रोहू उन्हें बेहद पसन्द थी। और हिलसा का तो कहना ही क्या! मगर उसमें नीबू का रस डलवाते थे। कहते, इससे इसके महीन से महीन काँटे भी गल जाएँगे। पढ़िना को चमारों की मछली मानते थे। टेंगन पसन्द थी, मगर शोरबे के साथ। सौरी नमक, मिर्चे और लहसुन में तली हुई। बाम के बारे में उनकी राय थी कि यह गँवारों की मछली है। बेलगेगरा को हराम समझते थे। सिंघी का सिर फिंकवा देते थे। माँगुर को चाव से खाते थे, मगर कहते थे कि यह बहुत गरम होती है। वैसे तो नैन और भाकुर भी उन्हें अच्छी लगती थीं, पर पियासी की तारीफ़ करते थकते नहीं थे। पता नहीं कबीर ने जब 'जल बिच मीन पियासी...' कहा होगा तब उनके ध्यान में प्यास से मरी जा रही कोई साधारण-सी मछली रही होगी अथवा 'पियासी' नाम की यही असाधारण मछली?

बहरहाल चिराग़ मुहम्मद के वालिद का हाल यह था कि दस्तरख़्वान में अगर गोश्त या मछली न देखते तो तत्काल उठ जाते और हाथ पोंछते हुए पलंग पर पड़ रहते। अंडे का सालन खा लेते, मगर इस तरह मानो दस्तरख़्वान की लाज रखने के लिए खा रहे हों। अंडे का सिर्फ़ उन्हें हलवा पसन्द था। या फिर आमलेट, ख़ागीना अथवा उबले हुए अंडे। कहते, "अंडे से नाश्ता किया जा सकता है, पेट नहीं भरा जा सकता।"

अपनी इन्हीं कमज़ोरियों की वजह से वे नाते-रिश्तेदारों के यहाँ नहीं जाते थे। ज़ाहिर है कि सबकी आर्थिक स्थिति ऐसी नहीं थी कि वे रोज़ाना गोश्त-मछली खा सकें या मेहमानों को खिला सकें। आलू-गोभी या कटहल की सालनदार तरकारी बन जाए, यही बहुत था। मगर चिराग़ मुहम्मद के वालिद के लिए वह सब बेमानी था। और हिन्दुओं के यहाँ जाने का तो सवाल ही नहीं उठता था। एक बार ग़लती से चले गए थे तो लौटकर खाने का ऐसा बीभत्स विवरण उन्होंने प्रस्तुत किया कि सुननेवाला कभी किसी हिन्दू के घर जा ही न सके।

"क्या मकरूह दावत थी। पत्तों की रिकाबी–क्या कहते हैं उसे–पत्तल, उसमें उबले हुए कुम्हड़े। लानत हो उन पर। नमक अलग से। नमक

नहीं, रामरस। साथ में जाने किस-किस घास-पात के अचार और पूरियाँ। अल्लाह तौबा, जी में आया कि पूरी पत्तल नाँद में डाल दूँ...''

और जब वे बीमार पड़े तो आख़िरी दम तक इस बात से इनकार करते रहे कि उनका पेट गोश्त-मछली की वजह से ख़राब हुआ है। पहले उन्हें क़ब्ज़ हुआ। और साधारण दवाइयों से ठीक नहीं हुए तो जुलाब लेने लगे। फिर रह-रहकर पेट में दर्द होने लगा। बोले, बायुगोला है। गोश्त-मछली के साथ लहसुन-अदरक का सेवन करने लगे। कुछ दिनों बाद दस्त आने लगे। वे दस्त रोकने की गोलियाँ खाने लगे, मगर हालत बिगड़ती गई। उनके ख़ानदानी हकीम ने जवाब दे दिया। वे परहेज़ बताते-बताते हार गए थे।

अन्ततः वे चले गए।

''अगर गोश्त खाना छोड़ देते तो शायद इतनी जल्दी न जाते हमें छोड़कर।''

चहारम के दिन चिराग़ मुहम्मद ने कहा तो वल्ली ने सिर झुका लिया। बोला, ''हो सकता है वे इसलिए चले गए हों कि अब यह सब उनके लिए मुमकिन न रह गया हो।''

इस वाक्य का अर्थ किसी ने नहीं समझा।

पिता की मृत्यु के बाद चिराग़ मुहम्मद पूरी तरह अकेले हो गए। व्यापार के साथ-साथ अब उन्हें घर की निंगरानी भी रखनी पड़ती थी। घर में उनकी बूढ़ी माँ और दो बीवियाँ थीं। पहली बीवी से दो बेटे थे और दूसरी से एक। दोनों बड़े बेटे ख़ूब गोरे-चिट्टे और मोटे-ताज़े थे, मगर तीसरा कमज़ोर और मरघिल्ला-सा था। तीनों अभी बहुत छोटे थे, इसलिए पिता के काम में हाथ नहीं बँटा सकते थे। चिराग़ मुहम्मद जानते थे कि दीन मुहम्मद उन्हें बहुत चाहते हैं, वे भी उन्हें बहुत चाहते थे। सो, एक रोज़ उन्होंने तय किया कि वल्ली के बारे में फिर बात करके देखें। वल्ली बुद्धि का तेज़ तो था ही, ईमानदार भी था। अब तो पढ़-लिख भी गया था। उसकी उर्दू की लिखावट की तारीफ़ ख़ुद मौलवी साहब किया करते थे। अगर साल-दो साल वह और सहयोग कर दे तो व्यापार में चार चाँद लग जाएँ। तब तक इस्हाक़ भी सज्ञान

हो जाएगा। अपने दोनों बड़े बेटों के नाम उन्होंने इस्हाक़ और इब्राहीम रख रखे थे। छोटे का क़ायदे से कोई नामकरण नहीं हुआ था। इसलिए गाँव के जैसे तमाम बच्चे अपनी-अपनी अवस्थाओं और स्थितियों के अनुरूप नाम धारे घूम रहे थे, वैसे ही वह भी सिर्फ़ 'ननका' कहा जाता था। चिराग़ मुहम्मद ने अपने बड़े बेटों का नामकरण तो बड़े ही ऐतिहासिक अन्दाज़ पर किया था–इस्हाक़ और इब्राहीम, जिन्होंने मक्का में काबा का उद्धार किया था–मगर ये लड़के इस लायक़ भी नहीं लगते थे कि अपने पिता का उद्धार कर सकें। इस्हाक़ को मछली मारने का ऐसा शौक था कि वह बदन पर सिर्फ़ एक जाँघिया पहने दिन-दिन भर डँगई लिये तालाबों-गड़हियों के चक्कर लगाया करता था और इब्राहीम अपने घर के पिछवाड़े बैठकर मिट्टी और पानी के मेल से न जाने क्या-क्या बनाता-बिगाड़ता रहता था। हालाँकि वह जाँघिया के ऊपर कमीज़ भी पहनता था, पर हालत यह थी कि कमीज़ का दामन ही नहीं, उसकी आस्तीनें भी नाक के कीचड़ से सनी होती थीं। ननका तो अभी नंगा ही घूमता था। कपड़ों से उसे सख़्त चिढ़ थी। घर से जाँघिया पहनकर निकलता और उसे किसी घूरे पर फेंककर वापस आ जाता...।

गर्मियों के दिन थे। शाम हो रही थी। मगर सूरज का ताप कम न हुआ था। दीन मुहम्मद कुएँ के इर्द-गिर्द टहल रहे थे। सोच रहे थे कि सूरज थोड़ा और ढले तो नहाएँ। दरवाज़े पर सुतली से बीना हुआ ख़ूब लम्बा-चौड़ा माचा पड़ा था, जिस पर उनकी धुली हुई लुंगी रखी थी। वल्ली नीम की छाया में खटिया डाले लेटा था और 'बाग़ो-बहार' पढ़ रहा था। 'क़िस्सः-ए-चहार दरवेश' की फ़ारसी वह समझ नहीं पाता था। मीर अम्मन की उर्दू में जो मज़ा था, वह उस फ़ारसी में कहाँ?

चिराग़ मुहम्मद सफ़ेद लुंगी और अद्धी का कुर्ता पहने आए। दीन मुहम्मद को उन्होंने बड़े अदब के साथ सलाम किया। फिर कुएँ की जगत से टिककर खड़े हो गए।

"चलो माचा पर बैठो, यहाँ क्यों खड़े हो?"

दीन मुहम्मद ने अत्यन्त प्यार के साथ कहा। और ख़ुद भी माचा की तरफ़ चल पड़े। जब दोनों ही माचा पर जम गए तो चिराग़ मुहम्मद ने मिन्नत भरे स्वर में कहना शुरू किया, "भइया, हम ई कह रहे हैं कि अगर वल्ली

साल-दो साल के वास्ते हमारे ब्योपार में मदद कर दे तो क़िस्मत खुल जाए। एक तरह से ई समझिए कि वल्ली को हम माँग रहे हैं आपसे।''

वल्ली उस वक़्त शहज़ादे की मुसीबतों में उलझा हुआ था। वह तड़पकर उठा और वहीं से बोला, ''हम ब्योपार-फ्योपार नहीं करेंगे। कहेंगे तो घर से ज़रूर चले जाएँगे।''

दीन मुहम्मद और चिराग़ मुहम्मद दोनों सन्न! चिराग़ मुहम्मद तो वल्ली को उसी तरह माँग रहे थे दीन मुहम्मद से, जैसे विश्वामित्र ने राजा दशरथ से राम को माँगा था। मगर वल्ली राम की तरह इतना आज्ञाकारी बालक नहीं था कि पिता की हर बात मान जाए। और दीन मुहम्मद भी राजा दशरथ की तरह के पिता नहीं थे कि चट से अपना आदेश जारी कर दें। इसलिए बात वहीं ख़त्म हो गई। वल्ली फिर अपनी किताब में डूब गया।

लेकिन वह कोई साधारण घटना नहीं थी। दीन मुहम्मद ने लच्छी से उसका बयान कुछ इस तरह किया, ''वल्ली अब जवाब देने लगा है।''

''अच्छा!''

माँ ने दबी ज़बान से आश्चर्य प्रकट किया, किन्तु भीतर-ही-भीतर मानो वे प्रसन्न हुईं। यानी बेटे में जवानी के लक्षण प्रकट होने लगे हैं। समझदारी आ रही है। पूछा, ''तुमने डाँटा?''

''नहीं।''

''ठीक किया। जब देखो कि बेटे के पाँव बाप के जूते में आने लगे हैं तो समझो, वह बड़ा हो गया है। फिर उसकी मर्ज़ी के ख़िलाफ़ कुछ नहीं करना चाहिए।''

दीन मुहम्मद आगे कुछ नहीं बोले। वे समझ गए कि बोलने से कोई फ़ायदा नहीं होगा। दुनिया की हर माँ की तरह लच्छी देवी भी वल्ली का ही पक्ष लेंगी। वह भी सीधे-सीधे नहीं, बल्कि तरह-तरह के दृष्टान्तों और कहावतों-मान्यताओं के माध्यम से। लच्छी देवी के पास उनका ख़ज़ाना भरा था। वे जब भी कुछ बोलतीं, अपने कहे हुए को अपने ही अकाट्य तर्कों से पुष्ट भी करतीं। अकाट्य इसलिए कि उनके पीछे ऐसे रहस्य होते थे, जहाँ तक पहुँच पाना किसी भी सामान्य आदमी के बस में नहीं था। मसलन लच्छी देवी की मान्यता थी कि अगर कोई आदमी हरी मिर्च को ढेंपी की तरफ़ से

खाए तो उस पर साँप के ज़हर का प्रभाव नहीं पड़ता। अगर किसी आदमी को उत्तर दिशा में सुकवा तारा दिख जाए तो छः महीने बाद उसकी मृत्यु हो सकती है। सूप में जब दाना पछोरा जा रहा हो तो सूप के सामने आ जानेवाले बालक को दहेज नहीं मिलता। पान खाने से अगर किसी का मुँह ख़ूब लाल हो जाए तो समझना चाहिए कि उसकी सास उसे बहुत प्यार करेगी। सिर पर चलनी रख लेने से सिर में फुंसियाँ निकल आती हैं। छोटे बच्चे को आईना दिखाया जाए तो वह देर से बोलता है। मुँह में कंघी डालने का नतीजा यह होता है कि दाँत जल्दी झड़ जाते हैं। किसी बच्चे के सिर पर से डाँक जाएँ तो उसकी बाढ़ रुक जाती है—वह बौना तक हो सकता है। मामा अगर भानजे या भानजी को पीट दे तो बुढ़ापे में उसका हाथ काँपने लगता है...आदि-आदि न जाने कितने प्रकार की उनकी मान्यताएँ थीं, जो तर्क के रूप में इस्तेमाल होती थीं। चूँकि अब वे एक कट्टर सुन्नी मुसलमान औरत थीं, इसलिए कुछ ऐसी मान्यताएँ भी उन्होंने बना रखी थीं, जो सिर्फ़ मुसलमानों के लिए—ख़ासतौर पर स्त्रियों के लिए—डराने और चौंकानेवाली थीं। मसलन आदमी के जिस्म पर एक बाल ऐसा है जो सिर्फ़ सुबरात के रोज़ नहाने पर भीगता है। इसलिए सुबरात के दिन हर आदमी को नहाना चाहिए। ईद के दिन रोने से जहन्नुम मिलता है, इसलिए ईद के दिन नहीं रोना चाहिए। ख़ासकर बीवियों को। चाहे शौहर मार-मार के हालत ख़राब कर दें। अक़ीक़े में जो बकरा काटा जाए उसका गोश्त माँ-बाप को नहीं खाना चाहिए बक़रीद में क़ुर्बानी करनेवाले का फ़र्ज़ है कि सुबह से कुछ न खाए, रोज़ा रखे, वह अपना रोज़ा क़ुर्बानी के बाद बकरे की कलेजी खाकर खोले। लच्छी देवी 'बिस्मिल्लाह' लफ़्ज़ का महत्त्व भी बताती थीं; कि इसके उच्चारण मात्र से मछली के पेट में छिपी अँगूठी वापस मिल गई थी। फिर वे 'नूरनामा' और 'शहादतनामा' का गुन बतातीं और अन्त में...सवेरे अगर नींद न खुलती हो तो बिस्मिल्लाहिर्रहमानिर्रहीम पढ़ के अपना नाम लेकर कहे कि मुझे इतने बजे जगा देना तो नींद खुल जाती है...आदि-आदि। यानी लच्छी देवी के पास ऐसे-ऐसे रहस्य थे कि क्या हिन्दू और क्या मुसलमान, सभी उनका लोहा मानते थे। उनकी मान्यताएँ विश्वसनीय लगती थीं, कहावतें सबक़ सिखाती थीं और दृष्टान्त भयभीत कर देते थे।

रावी लिखता है

निश्चय ही, दीन मुहम्मद भी अपनी पत्नी के आगे परास्त हो जाते थे। शायद इसीलिए उन्होंने बात आगे नहीं बढ़ाई। मगर उस रात शायद ही कोई सोया हो।

दीन मुहम्मद ने सपने में भी यह नहीं सोचा था कि अचानक उनकी क़िस्मत यों खुल जाएगी। बेटे के निकम्मेपन से तंग आकर उन्होंने अपने पुश्तैनी व्यापार को सलाम कहा। पत्नी और बेटी को समझाया-बुझाया कि घबराओ नहीं, हम कुछ बन के लौटेंगे और जा पहुँचे बीहड़ जंगल में। मगर नालायक़ बेटे को कहाँ छोड़ते? वह भी पीछे-पीछे लगा रहा। इलाक़ा निस्सन्देह बहुत ख़तरनाक था। दस-बारह झोंपड़ोंवाला छोटा-सा गाँव। ईर्द-गिर्द भयावह घाटियाँ, नाले और खोह। चारों तरफ़ हर्रा और पलाश का जंगल। रात में शेर के डकराने की आवाज़ें। वह किसी ज़मींदार की जजमानी थी। आसपास के सारे गाँव उसकी जजमानी में थे। ज़मींदार को इतनी फ़ुर्सत कहाँ कि वह गाँव-गाँव की ख़ाक छाने और अपना बकाया वसूले। उसने जब सुना कि इलाक़े में कोई परदेसी व्यापारी आया है तो उसे बुलाकर तत्काल यह काम सौंप दिया। दीन मुहम्मद ख़ुश हो गए। न पूँजी की चिन्ता, न लागत की फ़िक्र। रहने को घर, खाने को अनाज और सवारी के लिए टट्टू—सब मुफ़्त में। सो, बाप-बेटे उस गाँव में चैन से रहने लगे और ज़मींदार का हुक्म बजाने लगे।

फिर हुआ क्या कि ज़मींदार को अंग्रेज़ों ने गिरफ़्तार कर लिया। उस पर आरोप था कि वह विद्रोहियों की सहायता करता है। यों तो दीन मुहम्मद भी अंग्रेज़ों के ख़िलाफ़ थे, मगर खुलकर सामने वे कभी नहीं आए। अपने जवान होते बेटे को भी वे अक्सर यही समझाया करते थे कि बाग़ियों के गिरोह से बचकर रहना। उन दिनों झुंड के झुंड नौजवान अंग्रेज़-विरोधी गतिविधियों में हिस्सा ले रहे थे; इसलिए दीन मुहम्मद बेहद सतर्क रहते थे। उनका तर्क था कि ब्योपारियों और मुलाज़िमों को सियासत में नहीं पड़ना चाहिए। सो, सियासत में न पड़ने का लाभ यह हुआ कि ज़मींदार के जेल जाते ही उसकी पूरी सत्ता दीन मुहम्मद के हाथ में आ गई। और सत्ता की

ताक़त मिलते ही दीन मुहम्मद में कई तरह के परिवर्तन दिखाई पड़ने लगे। मसलन अब वे टट्टू पर इस तरह बैठते मानो तुर्की अथवा ताजी घोड़े पर बैठे हों। सिर पर साफ़ा बड़े ठाठ से बाँधने लगे। हाथ में एक छड़ी रहने लगी। कुछ दिनों बाद तो ज़मींदार की बन्दूक़ भी उनके कन्धे पर आ गई। फिर क्या था; दीन मुहम्मद का रुतबा दूना हो गया। वैसे तो वे कटु स्वभाव के व्यक्ति नहीं थे, मगर हाकिम का रूप धारते ही क़रीब-क़रीब ज़ालिम जैसे हो गए।

ज़मींदार की जजमानी में उनके रिश्ते दो तरह के थे। गाँव के मुक़द्दम से उनका दोस्ती का रिश्ता था, और बाक़ी लोगों से हाकिम और रिआया का। दीन मुहम्मद जब किसी गाँव में वसूली के वास्ते पहुँचते तो मुक़द्दम का मुक़द्दर जाग जाता। क्योंकि वसूली में उसका ख़ासा हाथ होता था और उसके एवज़ में उसे माकूल हिस्सा भी मिलता था। लेकिन रिआया? उसके लिए तो दीन मुहम्मद का आना किसी महामारी के आने के समान था। जिस वक़्त मुक़द्दम के दरवाज़े पर देसी घी की सोंधी-सोंधी महक में मुर्ग़े की बोटियाँ भुन रही होतीं और दिलबख़्शा धान के चावल से पूरा चौपाल गमगमा रहा होता; उस वक़्त गाँव के लोग अपने देवी-देवता से प्रार्थना कर रहे होते कि इस बार अगर हाकिम से पिंड छूट जाए तो अगले इतवार को वे नारियल चढ़ाएँगे; मिठाई तो न हो सकेगी, हाँ लाचीदाना ज़रूर बाँटेंगे।

वल्ली इस पूरे तमाशे को बालसुलभ जिज्ञासाओं के साथ देखा करता और चुप रहता। चुप इसलिए रहता कि अब उसे अब्बाजान डाँटते नहीं थे, पढ़ाई को बुरा नहीं मानते थे, उसे किसी बात के लिए टोकते नहीं थे। सो, वह अपने क़िस्सों और अपनी दास्तानों में डूबा रहता था। बस कभी-कभी अपनी किताबों के पन्नों में झरोखे बनाकर उनके दरमियान से अपने वालिद के प्रभुत्व को एक नज़र देख लेता और उसके बाद फिर अपनी दुनिया में डूब जाता। न वह उनके काम में दख़ल देता और न वे उसके काम में।

ज़मींदार की जजमानी में एक बीहड़ गाँव था। कई-कई नालों और कई-कई घाटियों को चढ़-उतरकर उस गाँव में जाना होता था। गाँव ही नहीं, गाँव के लोग भी बीहड़ थे। मुक़द्दम तक पढ़ा-लिखा नहीं था। वह धनी भी नहीं था पर प्रतिष्ठित था। प्रतिष्ठित इसलिए था कि उसके पास गायें

कुछ ज़्यादा थीं। वह होली के दिन अपनी नई कुर्ती पर रंग डलवाया करता था। वह दारू नहीं पीता था। उसकी दो पत्नियाँ थीं और दोनों सगी बहनें थीं। इसलिए उसके घर में झगड़ा नहीं होता था। उस पर ज़मींदार का कोई बक़ाया कभी नहीं रहता था। वह समय पर सब कुछ चुकता कर देता था। मगर गाँव के लोग बहुत ग़रीब थे। वे या तो ज़मींदार पर निर्भर थे, या फिर मुक़द्दम पर। वे दारू भी पीते थे और अपनी पत्नियों को पीटते भी थे। उनके यहाँ खाने का ठिकाना नहीं था, मगर बच्चे हर साल पैदा करते थे। ऐसे ही एक निर्धन पनिका पर दस रुपए का बक़ाया कई साल से चला आ रहा था। पत्नी तो उसकी एक ही थी, पर बच्चे चार थे। खेत ऐसा मिला था कि मक्के के अलावा कुछ नहीं होता था। सो, दस रुपए की राशि वह दस जन्म में भी नहीं चुका सकता था। दीन मुहम्मद ने पहले तो उसे डराया-धमकाया, फिर एक बार कोड़े से उसकी ज़बरदस्त पिटाई की। पीठ की खाल उधड़ गई। एकाध बार चेहरे पर भी लगा, सो बाईं आँख सूज गई। चेहरा बिगड़ गया। पेट में जो घूँसा लगा उससे उसकी आँतें ख़राब हो गईं। ख़ुद को मार से बचाने के चक्कर में दाएँ हाथ की एक उँगली भी तुड़वा ली। यह सब उसकी पत्नी ने देखा, उसके चारों बच्चों ने देखा, और एक डर, एक दहशत उन सबके भीतर घर कर गई।

सो, एक दिन जब उस पनिका को मालूम हुआ कि गाँव में हाकिम आए हुए हैं तो वह घर से भाग गया। मगर भागकर जाता कहाँ? कब तक भागता? वह अपनी ज़िन्दगी की सच्चाई जानता था। इसलिए वह मर गया। गाँव से बाहरवाली घाटी में जाकर अपनी धोती का फन्दा बनाकर वह एक पेड़ की डाल से लटक गया। घाटी में बकरियाँ चरा रहे एक लड़के ने यह दृश्य देखा और तत्काल उसकी पत्नी को सूचित किया। पत्नी ने आगा-पीछा कुछ नहीं सोचा, उसने अपने चारों बच्चों को फाँसी पर लटकाया और ख़ुद भी अपनी साड़ी का फन्दा बनाकर बड़ेर से लटक गई।

इस तरह एक आदमी के ज़ुल्म से डरकर छः लोगों ने अपनी जान दे दी।

जिस वक़्त गाँव में यह घटना घट रही थी उस वक़्त दीन मुहम्मद अपने बेटे वल्ली के साथ मुक़द्दम के बरोठे में बैठे मुर्ग़े की टाँगें चबा रहे

थे। उनका इरादा था कि खा-पीकर, आराम करने के बाद वे वसूली के लिए निकलेंगे। लेकिन अभी उनका भोजन समाप्त भी नहीं हुआ था कि मुक़द्दम के द्वार पर गोरी पुलिस आ पहुँची। पनिका समुदाय के किसी दिलेर नौजवान ने छः लोगों के अकस्मात् मर जाने की ख़बर कारण सहित पास के थाने में पहुँचा दी थी। और दीन मुहम्मद को हिरासत में ले लेने का हुक्म जारी हो गया था।

दीन मुहम्मद को गिरफ़्तार कर लिया गया। मगर सत्ता के मद में वे चूर थे। मुक़द्दम के घर से थाने तक अपने टट्टू पर बैठकर गए। हथकड़ी नहीं पहनी।

बोले, "मैं मुसलमान हूँ। मेरा ईमान तुम्हारे ईसा अलैहिस्सलाम पर भी है। मुझ पर यक़ीन करो। भागूँगा नहीं।"

दीन मुहम्मद घोड़े पर, वल्ली पैदल, पुलिस भी पैदल...थाने पहुँचकर दीन मुहम्मद तो हवालात के भीतर हो गए, वल्ली घर में आकर रोने लगा। इससे अच्छा तो शायद यही होता कि वह अंग्रेज़ों के ख़िलाफ़ चल रहे आन्दोलन में शामिल हो जाता और ख़ुद जेल में होता। मगर...मगर अब कुछ भी सोचने का कोई फ़ायदा नहीं था। ज़मींदार जेल में था, बाप भी जेल में थे और वल्ली अपने क़िस्सों और अपनी दास्तानों के साथ अकेले एक कोठरी में। कोठरी, जो पहले एक पूरे घर का हिस्सा लगा करती थी।

दीन मुहम्मद की गिरफ़्तारी की ख़बर गाँव तक पहुँची। वहाँ से और कोई तो नहीं, पर उनके चचेरे भाई चिराग़ मुहम्मद दौड़े आए। उन्होंने मुक़दमा लड़ने के लिए एक अंग्रेज़ बैरिस्टर तय किया। मगर जुर्म इतना संगीन था कि दीन मुहम्मद के लिए फाँसी की सज़ा सुना दी गई। अमुक तिथि को, अमुक समय पर फाँसी पर लटका दिया जाए, तब तक के लिए, जब तक कि मृत्यु न हो जाए...।

और उस निश्चित तिथि से एक रोज़ पहले, चिराग़ मुहम्मद ने आत्महत्या कर ली। अफ़ीम की इतनी बड़ी ख़ुराक़ उन्होंने ली कि सुबह मृत पाए गए। वल्ली घबरा गया। बाप जेल में फाँसी का इन्तज़ार करता हुआ और कोठरी में चचा की लाश! वह भागा-भागा बैरिस्टर के बँगले पर पहुँचा। बैरिस्टर ने इंग्लिश पाइप पीते हुए सारी दास्तान सुनी, फिर वह मुस्कराए।

"आप हँस रहे हैं?" वल्ली को आश्चर्य हुआ।

"हाँ, क्योंकि मैं जीत गया हूँ।"

बैरिस्टर ने बहुत इत्मीनान से कहा और वल्ली को निर्देश दिया कि ग्यारह बजे से पहले चिराग़ मुहम्मद की मिट्टी नहीं होनी चाहिए। दीन मुहम्मद की फाँसी का वक़्त था दस बजे।

उन दिनों ऐसा क़ानून था शायद कि फाँसी की सज़ा पानेवाले व्यक्ति के परिवार में अगर कोई मौत हो जाए तो सज़ायाफ़्ता व्यक्ति को मिट्टी देने की इजाज़त मिल जाती थी। सो, दीन मुहम्मद को वह इजाज़त मिल गई। प्रचार किया गया कि मिट्टी फ़जिर बाद होगी, मगर बैरिस्टर के आदेश के मुताबिक़ वह ग्यारह बजे हुई। और बैरिस्टर की जीत हो गई। दीन मुहम्मद की फाँसी दस बजे होनी थी। वक़्त बीत गया था। अंग्रेज़ी क़ानून के अनुसार वक़्त का अर्थ वक़्त होता था। दीन मुहम्मद रिहा कर दिए गए। एक व्यक्ति को दो बार फाँसी नहीं दी जा सकती थी। वक़्त बदलने का अर्थ था दूसरी बार फाँसी का ऐलान। सो, एक जान गई और एक जान बची। मगर वल्ली ख़ुश था। उसके बाप बच गए थे। हाँ, दीन मुहम्मद को कोई ख़ुशी नहीं थी। वे चिराग़ मुहम्मद को वल्ली से भी ज़्यादा चाहते थे।

वल्ली ने पढ़ा था कि मौत बरहक़ है, इसलिए उसे हमेशा याद करना चाहिए। मौत को टाला नहीं जा सकता। वह आएगी और ज़रूर आएगी। मौत का एक दिन मुअय्यन है। उस दिन से बचा नहीं जा सकता। हकीम लुकमान ने मौत से बचने का नुस्ख़ा खोज लिया था, पर जिस रोज़ उसकी खोज पूरी हुई उसी रोज़ वह मर गया। और मरते-मरते अपना नुस्ख़ा भी खा गया। सो, जो एक सम्भावना थी, वह भी ख़त्म हो गई।

फिर उसके बाप कैसे बच गए? क्या वे मौत के मुँह से निकल आए? अथवा मौत ने ही उन्हें छोड़ दिया?

नहीं। यह सब कुछ नहीं। बस, वह दिन उनकी मौत का दिन नहीं था। वह जगह भी—यानी फाँसी का तख़्ता—उनकी मौत की जगह नहीं थी। सच्चाई यही थी। इसमें अल्लाह तआला की क्या भूमिका थी, पता नहीं।

मगर दीन मुहम्मद की आस्था बढ़ गई। उन्होंने ख़ूब मेहनत करके नमाज़ पढ़ने का तरीक़ा सीखा, कुछ ज़रूरी सूरे याद किए और बाक़ायदा नमाज़ी हो गए। अब वे हमेशा इस्तिंजे से रहते और अपनी कोई भी नमाज़ क़ज़ा न होने देते। अब उनकी कटुता भी ख़त्म हो गई थी। वे एक सीधे-सादे मुसलमान बन गए थे। ज़ाहिर है कि वल्ली भी उनसे प्रभावित हुआ और वह भी नमाज़ी, परहेज़गार हो गया।

उस गाँव में एक छोटी-सी मस्जिद थी। दीन मुहम्मद घर में रहते तो अपनी सारी नमाज़ें मस्जिद में ही अदा किया करते। कभी-कभी इशा की नमाज़ के बाद वे वहीं सो भी रहते। फिर अगले दिन फ़जिर की नमाज़ के बाद ही बाहर निकलते। मगर एक रोज़ ऐसा हुआ कि न वे इशा की नमाज़ के बाद रात में घर लौटे और न ही सुबह। वल्ली को हैरत हुई। वह सारा काम छोड़कर मस्जिद की तरफ़ गया। वहाँ उसने देखा, दीन मुहम्मद सिजदे में थे। सूरज बहुत ऊपर चढ़ आया था, और फ़जिर का वक़्त तो कब का ख़त्म हो चुका था। तो क्या अब ये चाश्त की नमाज़ भी पढ़ने लगे। वल्ली को मालूम था कि कुछ लोग चाश्त और तहज्जुद की नमाज़ें भी पढ़ा करते हैं। चाश्त की नमाज़ सुबह नौ-दस बजे पढ़ी जाती है और तहज्जुद आधी रात के बाद। मगर दीन मुहम्मद तो सिजदे से उठ ही नहीं रहे थे। वल्ली को हैरत हुई। वह आहिस्ता-आहिस्ता चलकर उनके पास तक पहुँचा। फिर धीरे से उनकी पीठ पर हाथ रखा। कोई ताक़त नहीं। तब उसने उन्हें धीरे से हिलाया।...और दीन मुहम्मद का शरीर एक तरफ़ लुढ़क गया।

दीन मुहम्मद को दफ़्न करने के लिए ख़ूब गहरी क़ब्र खोदनी पड़ी, क्योंकि उनका जिस्म बुरी तरह अकड़ गया था और वह सीधा नहीं हो सका था। यानी अपनी क़ब्र में भी वे सिजदे में रहे...पता नहीं अल्लाह तआला उनसे किस तरह पेश आए होंगे।

वल्ली का यक़ीन पुख़्ता हो गया। मौत बरहक़ है।

अगले दिन तक उस गाँव में तेरह लोग मर चुके थे। तीसरे दिन गाँव ख़ाली हो गया था, वल्ली समेत। अब वहाँ सिर्फ़ चूहों की लाशें थीं...वे बेचारे कहाँ जाते?

लच्छी देवी और वल्ली की बड़ी बहन ने मिलकर फत्ते (फ़तेह मुहम्मद) और वल्ली की शादी तय कर दी थी। बड़ी बहन बड़े घर में ब्याही थीं। उनके पति वक़ालत करते थे। अपने पूरे ख़ानदान में वे एकमात्र शिक्षित व्यक्ति थे। इसलिए उनका बहुत सम्मान था। लेकिन फत्ते और वल्ली का रिश्ता साधारण परिवारों में ही तय हो सका था। फत्ते के लिए तो इससे कोई फ़र्क़ नहीं पड़ता था, पर वल्ली चूँकि अपने को पढ़ा-लिखा समझता था, इसलिए वह ख़ुश नहीं था। सो, वल्ली ने विवाह के प्रति अपनी अरुचि प्रकट की और लच्छी देवी ने उसका निकाह टाल दिया। फ़तेह मुहम्मद का विवाह निश्चित समय पर हो गया।

लेकिन होनी को कौन टालता! लच्छी देवी अचानक बीमार पड़ गईं और वल्ली पर दबाव डालने लगीं कि वह भी शादी कर ले। हिन्दुस्तान की हर माँ की तरह उनकी भी एकमात्र इच्छा यही थी कि मरने से पहले वे अपनी छोटी बहू के हाथ से एक गिलास पानी पी लें। सो, उस एक गिलास पानी की इच्छा ने वल्ली की भी शादी करा दी।

इस तरह उस घर में एक सास, दो बहुएँ, दो पति और एक ननद क़रीब-क़रीब चैन से रहने लगे। क़रीब-क़रीब इसलिए कि इस तरह के परिवार में पूरा-पूरा चैन सम्भव ही नहीं है। सास के अपने अरमान, बहुओं के अपने। पतियों की अपनी इच्छाएँ और ननद? ननद का अगर कोई पक्ष ले तो वह बुरा और जिस ननद का पक्ष लेनेवाला ही न हो, उसका जीवन नरक। सो, तरह-तरह के अरमानों, तरह-तरह की इच्छाओं और पक्ष-विपक्ष के तर्कों-कुतर्कों ने घर को घर न रहने दिया। बड़ा-बूढ़ा कोई था नहीं, कौन समझाता? चिराग़ मुहम्मद की बेवा की हालत यह थी कि "पुतवौ मीठ, भतारो मीठ, किरिया केकर खाओं।" यानी उसे सब प्रिय थे, इसलिए वह किसी को कुछ भी कहने की स्थिति में नहीं थी।

तभी आ गया मोहर्रम। और वल्ली की बीवी के इस अरमान ने ज़ोर मारना शुरू किया कि वह मुहर्रम तो अपने मैके में करेगी। इधर लच्छी देवी की हालत ख़राब और उधर छोटी बहू नइहर जाने के लिए बज़िद।

'अम्माँ को आज-कल लगा है, न जाओ।"

वल्ली ने समझाया तो बीवी तुनक गई।

"काहे? हम तो जाएँगे। हुवाँ ताज़िया रखा जाता है, हियाँ कहाँ? हम हर साल अम्माँ के साथ मलीदा चढ़ाते हैं।...।"

"मगर मलीदा चढ़ाना तो ठीक नहीं है। नेयाज़ तो घर पर भी हो सकता है।"

"हाँऽऽ एक तुम्हीं तो सब जानते हो। हमारे अब्बा कहते हैं कि चौक पर ताज़िया के आगे मलीदा रख के फातिहा किया जाता है। उसका सवाब जाता है।"

"मगर यहाँ अम्माँ..."

"अरे त का ऊ अबहिंयै मरी जाती हैं...।"

संवाद यहीं ख़त्म हो गया। अगले दिन वल्ली ख़ुद अपनी बीवी को उसके घर पहुँचा आया।

और जिस एक गिलास पानी की इच्छा ने वल्ली का विवाह कराया था, वह लच्छी देवी को नसीब न हुआ।

आषाढ़ का महीना था। आसमान पर काली-काली घटाएँ घिरी हुई थीं और ठंडी हवा बह रही थी। वल्ली बरामदे में पड़े तख़्त पर लेटा हुआ था और 'क़िस्सा हातिमताई' का पारायण कर रहा था। फ़तेह मुहम्मद एक मोढ़े पर ख़ामोश बैठे हुए थे और थोड़ा झुककर बाहर उड़ रहे बादलों को देख रहे थे। थोड़ी देर पहले शायद दोनों भाइयों में कोई बातचीत हो चुकी थी। उसका सूत्र पुनः जोड़ने की ग़रज़ से फ़तेह मुहम्मद ने बोलना शुरू किया, "मगर यह भी सोचा है कि तुम्हारी भाभी की देखभाल कौन करेगा?"

"हाँ, सोचा है।" वल्ली ने किताब पर आँखें जमाए-जमाए कहा।

"कौन करेगा?"

"मैं करूँगा।"

"तुम?" फ़तेह मुहम्मद चौंककर वल्ली की तरफ़ देखने लगे।

"हाँ, क्यों?"

"तुम मुझसे मज़ाक करते हो?"

"नहीं तो।"

वल्ली अब उठकर बैठ गया था।

"मैं मज़ाक नहीं कर रहा हूँ। मैंने जो तय कर लिया है, उसे रोका नहीं जा सकता। मैं उसे तलाक़ दूँगा।"

"क्या?" फ़तेह मुहम्मद की आँखें फटी रह गईं। ख़ानदान में अभी तक किसी ने अपनी बीवी को तलाक़ नहीं दिया था। और वह भी, इतनी-सी बात पर। शादी के सिर्फ़ छः महीने बाद।

"वल्ली तुम क्या कह रहे हो, पता है?"

फ़तेह मुहम्मद खड़े होकर बरामदे में टहलने लगे थे।

"हाँ, पता है। और यह भी पता है कि भाभी की देखभाल मैं नहीं कर सकूँगा। मगर गाँव की औरतें अभी मर नहीं गई हैं।"

इतना कहकर वल्ली उठा और किताब ताक पर रखकर बाहर निकल गया।

और वल्ली ने अपनी बीवी को तलाक़ दे दिया। और फ़तेह मुहम्मद अपनी बीवी को गर्भवती अवस्था में छोड़कर ख़ुदा को प्यारे हो गए। '...और यह भी पता है कि भाभी की देखभाल मैं नहीं कर सकूँगा...।'

क्यों नहीं कर सकोगे वल्ली? करना तो तुम्हीं को पड़ेगा सब कुछ। तुम्हारे अलावा अब है कौन उसका? वल्ली ने फ़जिर की नमाज़ पढ़ी और क़ुरान पाक लेकर बैठ गया।

बाहर बारिश हो रही थी। खपरैल पर बूँदें थिरक रही थीं। नीचे, एक कोने में पानी चू रहा था। वहाँ गोल-सा गड्ढा बन गया था और इर्द-गिर्द सीलन हो गई थी। बौछार से बरामदे का अच्छा-ख़ासा हिस्सा भीग गया था। ओरी टपकने से सामने एक गहरी-सी नाली बन गई थी। उसमें पानी भरा हुआ था। गौरैया का एक जोड़ा वहाँ नहा रहा था। लच्छी देवी होतीं तो कहतीं, "झड़ी लगेगी।"

वल्ली ने जुज़दान में क़ुरान पाक को लपेटकर जब भीतर प्रवेश किया तो देखा कि वाक़ई झड़ी लगी हुई थी। आसमान की बारिश भले थम जाए, पर धरती की?

धरती अपने गर्भ में एक दाना लिये रो रही थी।

वल्ली ने आहिस्ते से भाभी के सिर पर हाथ रखा तो जलधारा और वेग से फूट पड़ी। मानो गीली मिट्टी की मेंड़ ही टूट गई हो। "मैं करूँगा। मैं सब करूँगा, भाभी। मैं हूँ न!" वल्ली बोला और ख़ुद भी रो पड़ा।

धीरे-धीरे रोने की आवाज़ इतनी तेज़ हो गई कि सोई हुई बबना जाग गई। मगर वह चुप किस तरह कराती? सो, वह भी रोने लगी।

अब घर-बाहर सर्वत्र जल ही जल था...।

वल्ली ने अपनी किताबें एक बड़े-से बक्से में बन्द कर दी थीं और वह अब व्यापार करने लगा था। गौलोचन का व्यापार उसके किए हो नहीं सकता था, इसलिए वह चमड़ों का काम करता था। गाय-बैल के चमड़े, भैंसों के चमड़े, बकरे-बकरियों और भेड़ों के चमड़े...पास में चमड़ों का एक बहुत बड़ा बाज़ार था। सो वह गाँव-जवार से चमड़े ख़रीदता और बाज़ार में ले जाकर बेच देता। काम में मेहनत बहुत थी, पर काम तो ज़रूरी था। घर में भाभी, नवजात पुत्र और छोटी बहन बबना...ये सब वल्ली के सहारे जी रहे थे।

सहारा बहुत बड़ी चीज़ है। उसके लिए भी, जिसे सहारे की ज़रूरत है और उसके लिए भी, जो सहारा देता है। बल्कि सहारा देने की अनुभूति सहारा पाने की अनुभूति से कहीं अधिक गहरी, अधिक भावमयी होती है।

मंगल का दिन था। पूस का महीना। दिन इतना छोटा था कि कब बीत गया, पता ही नहीं चला। वल्ली को अपने चमड़ों का मुनासिब दाम शाम होते-होते मिला। वह भी, अपने दूर के रिश्ते के भानजे लगनेवाले सेठ से। और वल्ली जब पैसे सहेजकर चलने लगा, तो भानजे ने रोक लिया।

"चाय पीकर जाइए, मामू।"

मामू रुक गए। दूकान से चाय आई। गाढ़े भूरे रंग के बदरंग से कप में, जिसकी नाक ग़ायब थी। चाय में सिर्फ़ दूध था और चीनी। वल्ली उसे फूँक-फूँककर पीने लगा।

"एक बात कहूँ मामू?"

भानजे ने रहस्य भरी आवाज़ में पूछा तो वल्ली चौकन्ना हो गया। इन

सेठ लोगों का क्या भरोसा! पता नहीं, क्या कहना चाह रहा है यह?

"बोलो।" वल्ली ने चाय ख़त्म करते हुए कहा।

"हम लोगों ने, मतलब रिश्तेदारों ने सोचा है कि आपका निकाह कर दिया जाए।"

"क्या?" वल्ली काँपने लगा। शाम के वक़्त वैसे भी सर्दी बढ़ गई थी। सेठ के नौकर आग जलाने के लिए पत्तियाँ और लकड़ियाँ जमा कर रहे थे। सेठजी को देर तक रुकना होता था, इसलिए तापने-तूपने का इन्तज़ाम ज़रूरी था। मगर वल्ली को तो जाना था। वह खड़ा हो गया।

"देखा जाएगा।"

सेठ भी खड़ा हो गया।

"देखा नहीं जाएगा, किया जाएगा। सब कुछ तय हो चुका है।" उसने मुस्कुराते हुए कहा और वल्ली के कन्धे पर अपना दाहिना हाथ रख दिया। "अब पूछिए, किससे?"

उसने कन्धे पर से हाथ हटाते हुए यह बात कुछ इस तरह से कही कि वल्ली की पलकें ख़ुद-ब-ख़ुद ऊपर उठ गईं। आँखों में जिज्ञासा भी थी और कुतूहल भी।

"नज़ीर की अम्माँ से।"

भानजे ने बहुत गम्भीरता के साथ यह रहस्योद्‌घाटन किया और चुप हो गया। वल्ली की आँखें झुक गईं। वह थोड़ी देर तक बुत की तरह खड़ा रहा, फिर धीरे-धीरे घर की ओर चल पड़ा।

कभी-कभी मुँह से अनायास बोले गए शब्द अपने अक्षरों और अपनी मात्राओं के साथ इस तरह सामने आकर खड़े हो जाते हैं कि आदमी भौंचक रह जाता है। 'मैं करूँगा।'...'मैं जानता हूँ कि मैं नहीं कर सकूँगा।' अतीत में वल्ली के मुँह से निकले हुए ये वही शब्द थे जो अब उसके रू-ब-रू खड़े थे। सिर्फ़ बेचारा 'नहीं' मुश्किल में फँसा हुआ था।

फ़तेह मुहम्मद की बीवी अब वल्ली की बीवी थी। नज़ीर वल्ली का नहीं, फ़तेह मुहम्मद का बेटा था। पर वह वल्ली की बीवी का भी बेटा था।

फिर 'नहीं'...'नहीं' का क्या मतलब होता था?

दरअस्ल ये जो शब्द हैं न, बड़े शरारती हैं। कभी इनका मतलब होता है, कभी नहीं होता है। कभी कुछ होता है, कभी कुछ। मगर होता ज़रूर है। और मज़े की बात यह कि उन्हें जो अर्थ समाज ने दिये हैं, वही...वही अर्थ...

यानी नहीं माने नहीं।

वल्ली अपने निकाह के बाद भी दो बरस तक नज़ीर की अम्माँ को भाभी कहते रहे। मगर कब तक कहते? और कब तक सुनतीं वे? सो, धीरे-धीरे वे 'नज़ीर की अम्माँ' हो गईं। फिर...फिर वे 'ए, सुनती हो' हो गईं।

और 'ए, सुनती हो' होने के बाद एक बार वे फिर गर्भवती हुईं। वल्ली ने अबकी पूरी दृढ़ता से कहा, "मैं करूँगा। मैं सब कर लूँगा, तुम घबराती क्यों हो?" मगर...मगर कई साल पहले बोले गए उसके शब्दों में जो 'नहीं' अँड़सा पड़ा था, वह ताव खा गया। 'करो। देखता हूँ, कैसे करते हो?' और वल्ली कुछ नहीं कर सका। एक सतमासी बच्ची को जन्म देने के बाद नज़ीर की अम्माँ चल बसीं। अगले दिन बच्ची भी गुज़र गई।

बचे बस दो–रोने वाले। बबना रोती तो वल्ली ढाढ़स बँधाते और वल्ली रोते तो बबना समझाती। और नज़ीर...उसकी नन्ही-नन्ही आँखें उन रोती हुई आँखों को देखती रहतीं मुलुर-मुलुर। और एक दिन...बबना और नज़ीर को चिराग़ मुहम्मद की बीवी के यहाँ भेजकर वल्ली घर से भाग गए।

यह ख़्वाब की ता'बीर नहीं है

"कहाँ भाग गए?"

ये शब्द मैंने बोले तो ख़्वाब में ही थे, मगर आँख खुलने पर लगा कि नहीं, मैं सचमुच ही बोल पड़ी थी। क्योंकि बोलने के साथ ही मैं चौंककर उठ बैठी थी। ख़्वाब में कोई और भी कहानी थी, कि कहानियाँ डैडी बहुत सुनाते थे।

बहुत पुराने ज़माने की कहानी है। शायद पुराणों के ज़माने की। एक बार ऐसा हुआ कि देवताओं और राक्षसों में युद्ध छिड़ गया। देवताओं का साथ दे रहे थे आचार्य वृहस्पति और राक्षसों की तरफ़ थे शुक्राचार्य। युद्ध में राक्षस भी मारे जा रहे थे और देवता भी। मगर अजीब बात थी! देवताओं की संख्या तो घट रही थी और राक्षस उतने के उतने। पता यह चला कि शुक्राचार्य संजीवनी विद्या जानते हैं। वे अपनी विद्या के बल से मरे हुए राक्षसों को ज़िन्दा कर देते थे। अब देवता तो ठहरे देवता! लगे सोचने कि उस विद्या को कैसे हासिल किया जाए? सोचते-सोचते आख़िर एक उपाय सूझ ही गया। उन्होंने आचार्य बृहस्पति के लड़के से कहा कि तुम जाकर शुक्राचार्य के शिष्य बन जाओ और फिर किसी तरह उनसे संजीवनी विद्या लेकर चले आओ।

लड़के का नाम था कच। वह सुन्दर भी था और भोला-भाला भी। तैयार हो गया। एक दिन पिता की आँखें बचाकर भाग निकला और सीधे

शुक्राचार्य के पास पहुँचकर उनके चरणों में गिर पड़ा। शुक्राचार्य हैरान। शत्रु का बेटा यहाँ कैसे? पूछा, "कहो, क्या चाहते हो?" कच ने कहा, "कुछ नहीं आचार्य, बस मैं आपकी सेवा करना चाहता हूँ। मुझे अपना शिष्य बना लीजिए।" शुक्राचार्य ने सोचा, दुश्मनी तो इसके बाप से है; लड़के ने क्या बिगाड़ा है? फिर दुश्मन का बेटा मेरी सेवा करेगा तो मेरा मान और बढ़ेगा। उन्होंने कच को अपना शिष्य बना लिया।

कच शुक्राचार्य की सेवा में लग गया। वह उनकी हर बात मानता था। इसके अलावा वह शुक्राचार्य की बेटी देवयानी की बात भी मानता था। वह जब भी उससे फूल लाने के लिए कहती, कच फ़ौरन भागकर जंगल में जाता और सुन्दर-सुन्दर फूल तोड़ लाता। इस प्रकार कच बाप और बेटी दोनों का चहेता बन गया। बल्कि यह समझिए कि देवयानी तो उसकी दीवानी ही हो गई।

मगर राक्षसों को यह बात खटकती थी। उन्हें लगता कि कच के यहाँ आने में आचार्य वृहस्पति की ज़रूर कोई चाल है। लगता है, वे हमारा भेद लेना चाहते हैं। और हमारे शुक्राचार्यजी को न जाने क्या हो गया है कि इस लड़के पर इतने मोहित हैं। बहरहाल, राक्षसों ने तय किया कि कच को मार डालना चाहिए।

इस प्रकार, एक रोज़ कच जब देवयानी के लिए फूल लाने जंगल में गया, दो राक्षसों ने उसे मार डाला।

कच जब देर रात तक नहीं लौटा तो देवयानी को चिन्ता हुई। उसने अपने पिता से कहा कि ज़रूर कहीं कुछ गड़बड़ है। लगता है, राक्षसों ने उसे मार डाला है। वे उससे बहुत जलते हैं। फिर वह रुआँसी होकर बोली कि पिताजी, चाहे जैसे हो, कच को बुलाइए। शुक्राचार्य ने अपनी संजीवनी विद्या का प्रयोग करके कच को आवाज़ दी तो वह फ़ौरन सामने आकर खड़ा हो गया।

शुक्राचार्य ने राक्षसों को बड़ी फटकार लगाई और चेतावनी दी कि अगर दुबारा उसे मारा तो ठीक नहीं होगा। मगर राक्षस भला कब माननेवाले थे! अब तो कच की वजह से उन्हें डाँट भी पड़ी थी। इसलिए और नाराज़ हुए। लेकिन समस्या यह थी कि दुबारा मारने पर भी तो शुक्राचार्य उसे

ज़िन्दा कर देंगे। राक्षसों को सज़ा मिलेगी सो अलग।

आख़िर बहुत सोचने-विचारने पर एक अच्छा-सा उपाय राक्षसों को सूझ ही गया। इस बार उन्होंने क्या किया कि कच जब फूल लाने जंगल में गया तो पहले उन्होंने उसे मार डाला। फिर अपने जादू से उसे पाउडर बना दिया। और शाम को जब शुक्राचार्य ने शराब माँगी तो वही पाउडर शराब में मिलाकर शुक्राचार्य को उन्होंने पिला दिया। इस तरह कच शुक्राचार्य के पेट में चला गया। अब उसे ज़िन्दा करने का मतलब था शुक्राचार्य की मृत्यु। क्योंकि कच तो उनका पेट फाड़कर ही बाहर निकल सकता था। और कोई भला ऐसा होगा कि दूसरे को ज़िन्दा करने के लिए अपनी जान गँवा दे? इस बार तो देवयानी भी चुप रहेगी। भला कोई बेटी चाहेगी कि उसका बाप मर जाए?

राक्षसों ने चैन की साँस ली।

उधर जब देर रात तक कच जंगल से नहीं लौटा तो देवयानी फिर परेशान हुई। वह रुआँसी होकर फिर अपने पिता से बोली कि चाहे जैसे भी हो, कच को बुलाएँ।

शुक्राचार्य ने अपनी संजीवनी विद्या का प्रयोग किया और पुकारा, ''कच बेटे, आ जाओ।'' आवाज़ आई, ''कैसे आऊँ आचार्य, मैं तो आपके पेट में हूँ?'' बाहर आने के लिए मुझे आपके पेट को फाड़ना होगा। और पेट फाड़ने से आप मर जाएँगे। फिर तो देवयानी भी रो-रोकर अपनी जान दे देगी। इसलिए अच्छा यही है कि आप मुझे दुबारा मार दीजिए।''

शुक्राचार्य कुछ देर तक सोंचते रहे, फिर बोले, ''सुनो, पहले मैं तुम्हें संजीवनी विद्या सिखाता हूँ। विद्या सीख लेने के बाद ही तुम बाहर निकलना। और बाहर निकलकर इसी विद्या से मेरे मरे हुए शरीर को ज़िन्दा कर देना।''

कच ने वैसा ही किया।

अपने मरे हुए बाप को ज़िन्दा देखकर देवयानी इतनी ख़ुश हुई, इतनी ख़ुश हुई कि रो पड़ी।

जैसे अपने डैडी को याद करती हुई एक रोज़ मैं रो पड़ी थी।

तो क्या मैं देवयानी हूँ?

अगर हूँ तो फिर कच कौन है?

नहीं, मैं देवयानी नहीं हूँ।

देवयानी है इच्छा।

अपने डैडी को, अपनी दादी को, अपने दादा को, अपने तमाम ख़ानदान को जानने की इच्छा।

और कच?

कच है समय।

और शुक्राचार्य का पेट?

पेट है अन्तराल। सात समन्दर पार का अन्तराल।

इच्छा के कारण समय ने अन्तराल को फ़ाड़ दिया है और एक-एक कर सभी लोग जीते-जागते से सामने आते जा रहे हैं। वे भी जो नहीं हैं और वे भी जो हैं, मगर मुझसे दूर हैं।

डैडी को हम जितना ही जानना चाहते, उतना ही उलझते चले जाते। दरअस्ल हम उन्हें अपने हिसाब से जानना चाहते थे। और हमारी कल्पना में हमारा ही जीवन था। इसलिए, कभी अगर बहुत खोदने पर वे अपने बारे में कुछ बताते भी तो हमें यक़ीन न आता। और भला यक़ीन आता कैसे? हमने वह सब देखा ही नहीं था, जिसकी वे बातें करते थे। या फिर देखा भी था तो उसे डैडी से जोड़कर देखना हमारे लिए मुमकिन ही नहीं था। इसलिए उनकी कहानी की शक्ल को हम बिगाड़ देते थे। यह बात हमें डैडी ने ही बताई थी कि जब कोई आदमी कहानी सुनाए तो हुँकारी भरनी चाहिए।

"हुँकारी? यह क्या चीज़ होती है?" हमने हँसते हुए पूछा, तो उन्होंने बजाय जवाब देने के कुछ इस तरह बताया था :

सुनो,

कहानी–एक राजा था।

हुँकारी–हूँ।

कहानी–उसकी सात रानियाँ थीं।

हुँकारी–हूँ।

रावी लिखता है

कहानी–राजा सबसे छोटी रानी को बहुत चाहता था।

हुँकारी–हूँ।

हम झल्ला उठे थे। क्या कोई समझदार आदमी हर बात पर हूँ-हूँ कर सकता है? एकदम जाहिलोंवाली बात। हम आपस में फुसफुसाए।

मगर अब सोचती हूँ कि डैडी की कहानी के साथ हम जो किया करते थे, वह भी तो 'हुँकारी' ही थी। और हमारी हुँकारी ऐसी थी कि कहानी आगे बढ़ ही नहीं पाती थी। वह होती भी ऐसी ही थी। उबाऊ।

वे कहते, "जब मैं छोटा था, अपने माँ-बाप के साथ छप्पर में रहता था।"

हम कहते, "झूठ।"

वे कहते, "मैं नंगे पाँव स्कूल जाता था।"

हम कहते, "झूठ।"

वे कहते, "मैं टिफ़िन नहीं जानता था।"

हम कहते, "झूठ।"

इस तरह जब बहुत सारे 'झूठ' इकट्ठा होने लगते तो डैडी ख़ामोश हो जाते थे।

हम कहते, "बस, हो गई कहानी?"

वे कहते, "झूठ।"

यानी कहानी नहीं हुई। मगर आगे हम कुछ नहीं सुनना चाहते थे। वे सब कुछ समझ जाते थे और दूसरी बातें करने लगते थे। कभी पूछते, "मेरी फ़लाँ चीज़ कम्प्यूटर में डाली या नहीं?" या फिर जानना चाहते कि आज रात में टी.वी. पर कौन-सी अंग्रेज़ी फ़िल्म आएगी? वग़ैरह-वग़ैरह।

अब कोई बताए कि पिछली बातों से–यानी उनकी कहानी से–इन बातों का क्या कोई तालमेल बैठता है? यही सवाल मैं अपनी छोटी बहन से पूछती तो कहती, "आप नहीं जानतीं, ये बातें वे हमें चिढ़ाने के लिए कहते हैं। क्या आपने कभी किसी बच्चे को बग़ैर टिफ़िन के नंगे पाँव स्कूल जाते हुए देखा है?"

और हम यक़ीन कर लेते।

यक़ीन कर लेते कि वे झूठ बोलते हैं।

और यह भी यक़ीन कर लेते कि हम सही हैं।

सच को झूठ और झूठ को सच बनाने का आर्ट शायद इसी तरह डेवलप हुआ होगा।

"नहीं," डैडी सुनते तो कहते, "कला इसी तरह विकसित हुई होगी।"

और हम फिर फिस-फिस हँसने लगतीं।

डैडी की बातें हमें भले ही झूठ लगती रही हों, मगर यह तो तय है कि जब हमारी दादी उन्हें दूर आसमान में उड़ता हुआ एयरोप्लेन दिखाकर कहती थीं कि वह देखो हवाई जहाज जा रहा है; तब यह बात उनकी कल्पना में भी नहीं आई होगी कि एक दिन वे ख़ुद हवाई जहाज़ में बैठकर आसमान में उड़ेंगे। बचपन में वे सड़क पर चलनेवाली किसी गाड़ी पर एकाध बार बैठे भी थे तो वह कोई कार या बस नहीं, बल्कि ईंट-पत्थर ढोनेवाला कोई छोटा-मोटा ट्रक ही था, जिसके ड्राइवर को बूढ़े दादा के साथ उन्हें पैदल चलते देखकर दया आ गई होगी और उसने ईंट-पत्थर के साथ उन्हें भी बैठाया तो क्या होगा, लाद लिया होगा। ट्रेन में भी शायद एक बार ही बैठे थे। और 'जनरल' कहे जानेवाले जिस डिब्बे में वे बैठे थे, या शायद ठुँसे थे, उसके माहौल को देखते हुए वे सोच भी नहीं सकते थे कि इसी ट्रेन में ऐसे डिब्बे भी हैं जिन्हें 'फर्स्ट क्लास' या 'एयरकंडीशंड' कहा जाता है। उनमें बैठकर सफ़र करने की बात तो सरासर बदतमीज़ी ही होती।

बचपन की बातों से ऊबकर जब हम उनकी जवानी के दिनों के बारे में जानना चाहते तो कहते, "जवानी तो आई थी, मगर बुढ़ापे की तरह।"

'हुँह, बकवास की भी हद होती है!' हम सोचते और कुढ़ जाते। वे थोड़ी देर तक शून्य में ताकते रहते, फिर बोलते, "तुम लोग नहीं समझोगे। वह जवानी कैसी जवानी, जिसमें अपनी ज़िम्मेदारियाँ ख़ुद उठानी पड़ें।" फिर मानो कविता करने लगते :

जवानी का मतलब है बेफ़िक्री
मस्ती
उमंग

और जब फ़िक्र ही फ़िक्र हों?
खाना जुटाने की फ़िक्र
खाना पकाने की फ़िक्र
ईद आए और चली जाए
बक़रीद आए और चली जाए
आप मेले में हों और पैसा न हो
आप गा रहे हों, मगर अस्ल में रो रहे हों।

फिर सचमुच वे रो पड़े।

हमारी जगह अगर दूसरे बच्चे होते तो शायद वे भी रो पड़ते। लेकिन हम गुमसुम ज़रूर हो गए। अम्मीं भी।

बातों-बातों में एक दिन एक छोटा-सा अध्याय खोला उन्होंने–

पढ़ाई पूरी करने के बाद मैं एक स्कूल में मास्टर हो गया। स्कूल मुसलमानों का था और तक़रीबन सभी अध्यापक और विद्यार्थी मुसलमान थे। मैं दर्जा सात के एक सेक्शन का क्लास टीचर था। मैदान में प्रेयर होती थी और प्रेयर से पहले विद्यार्थियों की हाज़िरी ली जाती थी। एक रोज़ प्रेयर ख़त्म होने के बाद उस सेक्शन का एक विद्यार्थी मेरे पास आया और मुझे, एक कागज़ थमाकर चला गया। मैंने कागज़ खोलकर देखा तो वह एक छोटा-सा ख़त था, जिसे उस लड़के की ख़ाला ने लिखा था। ख़त में कोई ख़ास बात नहीं थी, बस कोई एक किताब माँगी गई थी।

अगले दिन वह किताब मैंने उस लड़के के हाथ उसकी ख़ाला को भिजवा दी। मेरे हिसाब से तो बात ख़त्म हो चुकी थी। लेकिन अगले दिन वह लड़का एक ख़त फिर ले आया। वह 'शुक्रिया' का ख़त था। सोचा, चलो छुट्टी हुई। लेकिन दो दिनों बाद ही एक ख़त फिर मिला, जिसमें लिखा था, "किताब मैंने पढ़ ली है, घर आकर ले जाइए। आज ही शाम को आ जाइए..." वग़ैरह।

वह ख़त पढ़कर मुझे बहुत ग़ुस्सा आया। यह भी कोई शराफ़त है कि मैं किताब भी दूँ और लेने भी जाऊँ। "किताब आप भिजवा दीजिए।" एक

काग़ज़ पर यह लिखकर मैंने उस लड़के को दिया और कहा कि अपनी ख़ाला को दे देना।

मगर किताब नहीं आई। हाँ, ख़त ज़रूर आते रहे। ज़ाहिर है कि मुझे भी ख़त लिखने पड़ते थे। उसने मुझे घमंडी लिखा तो मैंने भी उसे घमंडी लिखा। फिर उसने मुझसे माफ़ी माँगी तो मैंने भी उससे माफ़ी माँगी। "फिर..."

"अच्छा, अब चुप भी रहिए," मेरी बहन ने उन्हें टोका। "हम समझते हैं, जब तक एक भी चिड़िया पेड़ पर बैठी रहेगी, आपकी कहानी ख़त्म नहीं होगी। यह बताइए कि आप ख़ाला से मिलने—मेरा मतलब है, उस लड़के की ख़ाला से मिलने गए या नहीं?"

"गया। जाना ही पड़ा। किताब जो लेनी थी।"

"वे शादीशुदा थीं?" मैंने पूछा तो बोले, "नहीं।" और उठकर कहीं चले गए।

हर दिन की तरह अगली शाम फिर महफ़िल सजी। हाँ, हम लोगों की बैठक छोटी-मोटी महफ़िल जैसी ही होती थी। हम भाई-बहन एक-दूसरे से लड़ते-झगड़ते उनके पास पहुँचते और डैडी हमें बैठाकर ऐसी चीज़ों में उलझा देते कि हम ज्ञान-विज्ञान की बातें करते लगते। उस शाम वे अपना ड्रिंक लिये कुछ सोच रहे थे। मैं अपने कम्प्यूटर पर कुछ खेल रही थी। बहन-भाई पास खड़े मेरा खेल देख रहे थे। तभी अम्मीं वहाँ आईं और घर-गृहस्थी की कुछ बातें करने लगीं। इस पर मेरी बहन चिढ़ गई और माहौल बदल गया। हम हँसने लगे।

अब मेरे अलावा सब डैडी के पास जमा हो गए थे। मेरी बहन ने उन्हें छेड़ा :

"ख़ालाजान—मेरा मतलब है उस लड़के की ख़ाला कैसी थीं?"

"पहले उससे कहो," उनका इशारा मेरी तरफ़ था, "वह अपनी ख़ालाजान को छोड़कर नीचे आए।"

अपने कम्प्यूटर की बेइज़्ज़ती मुझे बुरी तो बहुत लगी थी, मगर मैं नीचे

आकर बैठ गई थी। पहले जिसे मैंने 'अध्याय' कहा है, वह तो लघुकथा से भी गया-गुज़रा था। इसीलिए सोचा, आगे शायद कोई दिलचस्प घटना घटी हो।

डैडी शुरू हुए :

"अच्छी थी। दुबली-पतली। साँवली-सी। चश्मा लगाती थी। मामूली शलवार-कमीज़। हालाँकि अच्छे-ख़ासे खाते-पीते घर की थी। परिवार मज़हबी था। वह भी रोज़ा-नमाज़ की पाबन्द थी। पढ़ी-लिखी थी, इसलिए पर्दे में नहीं रहती थी। लेकिन मेरी मौजूदगी में कोई न कोई कमरे में आता-जाता रहता था..."

"अच्छा, अब बन्द कीजिए," मेरी बहन ने उन्हें टोक दिया, "आप हमेशा कहते हैं कि आजकल की फ़िल्मों की कहानी में कोई दम नहीं है, मगर हम देख रहे हैं कि आपकी कहानी तो एकदम बकवास है।"

"क्लाइमेक्स तो सुनने दो।" मैंने उसे डाँटा तो बोली, "क्लाइमेक्स तक पहुँचते-पहुँचते ही हम ख़ुद बेदम हो जाएँगे। और मुझे तो शक है कि कोई क्लाइमेक्स होगा भी या नहीं।"

डैडी ख़ामोश रहे।

अम्मीं मुस्कुराती हुई उठीं और किचेन में चली गईं।

हमें बहुत बाद में पता चला कि वह लड़की डैडी से शादी करना चाहती थी। यह बात हमें अम्मीं ने बताई थी। अम्मीं को डैडी की ज़िन्दगी की बहुत सारी बातें मालूम थीं। बहुत सारी क्या, तक़रीबन सारी। लेकिन वे हमें बताती नहीं थीं। पूछने पर कहतीं, "अगर सारी बातें जान भी लोगी तो क्या समझती हो कि तुम उन्हें जान जाओगी? मैं भी क्या उन्हें जान पाई हूँ?" और हम ख़ामोश हो जाते।

शादीवाली बात जानने के बाद एक दिन हमने डैडी से पूछा, "अगर आपकी शादी उसी लड़की से हो गई होती तो?"

जवाब मिला, "तो तुम लोग शलवार-कमीज़ पहनतीं और सर पर दुपट्टा डालकर पाँचों वक़्त की नमाज़ पढ़तीं। रोज़ाना सुबह कलाम पाक की तिलावत करतीं और पूरे तीसों रोज़े रखतीं। ये हज़रत (यानी हमारा भाई) भी रोज़ नहीं तो कम से कम जुमा-जुमा गोल टोपी लगाए मस्जिद में दिखाई देते।"

"अच्छा होता, है न अप्पी," मेरी बहन बोली, "तब ये (यानी डैडी) कम से कम लम्बी-सी दाढ़ी तो रखते।"

और हम सभी हँस पड़े थे।

डैडी और उस लड़की के बीच जो ख़तो-किताबत हुई थी, उसके बारे में हम विस्तार से जानना चाहते थे। डैडी को ख़त लिखने का बेहद शौक़ था। उनके ख़त बहुत दिलचस्प होते थे। कई बार वे अपने लिखे ख़त अम्मीं को सुनाया करते थे। बहुत बाद में, जब उनका ख़त लिखना बहुत कम हो गया था, अपने एक दोस्त को उन्होंने एक लम्बा ख़त इसी विषय पर लिखा था कि लोग अब ख़त क्यों नहीं लिखते। इसका कारण वे 'टेलीफ़ोन' को मानते थे। कहते, "ज़माने को देखो, गाँवों तक में टेलीफ़ोन लग गए। अब कोई किसी को ख़त क्यों लिखेगा? रिसीवर उठाइए, नम्बर्स दबाइए और आराम से बात कीजिए।" फिर क्षण भर चुप रहने के बाद कहते, "मगर क्या सभी लोग आराम से बात कर सकते हैं? नहीं। ग़रीब आदमी देखा-देखी फ़ोन लगवा तो लेता है, मगर दूर, दूसरे शहर या देश में बैठे आदमी के साथ आराम से बातें नहीं कर सकता। वह सिर्फ़ कोई विशेष सूचना भर दे सकता है। बस।" फिर ख़तों की महत्ता बताते, "ख़तों की तो बात ही कुछ और होती थी। जब हम ख़त लिखते थे तो सिर्फ़ अपना हालचाल नहीं लिखते थे। काग़ज़ के उस टुकड़े पर अपना दुःख-सुख सब दर्ज करते थे। सिर्फ़ अपने घर-परिवार के बारे में ही नहीं, अपने पड़ोसियों और अगल-बगल के गाँवों के समाचार भी अपने दोस्तों या रिश्तेदारों को देते थे। ख़त में सिर्फ़ बेटे के पास होने की ख़बर ही नहीं; बकरी के बच्चा देने की ख़बर भी होती थी। ख़त पढ़कर लोग कभी हँसते थे तो कभी रो पड़ते थे। ख़तों में भावनाएँ होती थीं, विचार होते थे। कोई-कोई ख़त तो पूरा साहित्य होता था। ग़ालिब के ख़तों को देखो। क्या आज के टेलीफ़ोन-टाक्स को टेक्स्ट की तरह पढ़ा-पढ़ाया जा सकता है...?" वग़ैरह-वग़ैरह।

अब मैं सोचती हूँ, और ये ई-मेल सन्देश! वह लड़की और डैडी—अगर वे कम्प्यूटर-युग में होते तो?

एक बार यही बात मैंने अपनी बहन के सामने कही तो उसने झट से कहा था, "तब कम से कम हम उन सन्देशों को डैडी के कम्प्यूटर से निकालकर देख-पढ़ तो सकते थे। ख़त तो हमें मिलने से रहे।"

बात तो उसकी सही है। हमने कई बार डैडी से पूछा कि उन ख़तों में आख़िर होता क्या था, मगर उन्होंने कुछ नहीं बताया। वे हमेशा कहते, "अब कुछ याद नहीं। बस इतना याद है कि वे ख़त—ख़ासकर उसके—हिन्दी की छायावादी कविताओं की तरह होते थे।"

"इसका मतलब यह कि अगर वे ख़त हमें मिल भी जाएँ तो हम उन्हें समझ नहीं सकते, क्यों?"

मैंने पूछा तो डैडी के कुछ बोलने से पहले ही मेरी बहन ने टोक दिया, "अब यह भी कोई पूछने की बात है। जब आपको हिन्दी में ही दिलचस्पी नहीं है तो उस लैंग्वेज की छाया-फायावादी कविता-फविता क्या समझेंगी?"

मैं चुप लगा गई।

मगर कुछ दिनों के बाद एक अजीब बात हुई। एक रोज़, जब मैं डैडी की पुरानी किताबों और पत्र-पत्रिकाओं को उलट-पलट रही थी तो हिन्दी की एक बहुत पुरानी-सी पत्रिका में मुझे एक कहानी दिखी। वह कहानी पत्र-शैली में लिखी गई थी। पत्र-शैली में क्या, पूरी कहानी में बस पत्र ही पत्र थे। और वह भी एकतरफ़ा। यानी एक लड़की के पत्र, जो किसी लड़के को लिखे गए थे। लड़के का कोई पत्र उस कहानी में नहीं था। कहानी के आरम्भ में लेखक ने यह सूचना दी थी कि ये पत्र उसे कूड़े के किसी ढेर पर एक पुलिन्दे में मिले थे। पत्रों में चूँकि कहानी जैसा कुछ था, इसलिए वह इन्हें क्रमबद्ध कर रहा है। वग़ैरह।

मैं उस कहानी को या यूँ कहिए कि उन ख़तों को पढ़ने लगी। और न जाने क्यों, मुझे ऐसा लगा कि शायद ऐसे ही ख़त उस लड़की ने डैडी को लिखे होंगे। और वह पत्रिका मैंने सँभालकर अपने पास रख ली।

फिर एक दिन डरते-डरते वह कहानी मैंने डैडी को दिखाई और पूछा, "उसके ख़त भी क्या इसी तरह होते थे?"

"लाओ, पहले पढ़ तो लूँ फिर बताऊँगा।"

यह कहकर डैडी ने पत्रिका मुझसे ले ली।

रावी लिखता है

पता नहीं डैडी ने वह कहानी पढ़ी या नहीं। मगर न तो दुबारा मैंने उन ख़तों के बारे में पूछा और न ही उन्होंने कुछ बताया। मेरी बहन ने एकाध बार मुझे कुरेदा भी, मगर मैंने उसे यह कहकर चुपा दिया कि हमें क्या लेना-देना है उस लड़की से। वह कोई हमारी अम्माँ तो है नहीं। ख़ाला भी है, तो किसी और की। अब तो अच्छी-ख़ासी ख़ालाजान हो गई होंगी, या फिर मर-मुरा गई होंगी।

लेकिन पत्रिका मैंने हथिया ली।

(आगे वह पूरी कहानी दी जा रही है।)

अन्त:सलिला

इस कहानी की अपनी एक छोटी-सी भूमिका भी है। एक बार की बात है, परचून की दूकान से मेरे घर आया धनिया। और वह धनिया जिस काग़ज़ में बँधा हुआ था, उसमें मेरी ही एक कहानी छपी हुई थी। तब से मैं हर ऐरे-ग़ैरे काग़ज़ को एक बार खोलकर ज़रूर देख लिया करता हूँ। एक रोज़ जब मैं शाम को टहलने निकला तो पास के घूरे पर काग़ज़ों का एक पुलिन्दा मुझे दिखाई पड़ गया। मैं उस पुलिन्दे को उठा लाया और जब इत्मीनान से उसे खोलकर देखा तो पता चला कि काग़ज़ के वे कोई साधारण पन्ने नहीं थे, उनमें बह रही थी प्रेम की एक मौन अन्तःसलिला! वे किसी लड़की के प्रेम पत्र थे। ज़ाहिर है कि जिसके लिए वे लिखे गए थे वह कोई बहुत ही कुरुचिपूर्ण व्यक्ति रहा होगा, इसलिए उन्हें उसने इस तरह घूरे पर फेंक दिया था। अगर वह डरपोक होने के साथ-साथ सुरुचिपूर्ण भी होता तो शायद उन्हें जला भले डालता, पर फेंकता नहीं।

ख़ैर...मैंने उन पत्रों को पढ़ा। *(यदि पत्र लेखिका अभी कहीं जीवित हों तो मेरी इस धृष्टता के लिए कृपया क्षमा करें।)* और जब मैंने उन्हें एक निश्चित क्रम-सा देने की कोशिश की, तो लगा कि यह तो पूरी एक कहानी ही बन गई है।

ज़ाहिर है कि कला की दृष्टि से यह कोई बहुत अच्छी कहानी नहीं है, पर कहानी तो है...

अब आप साक्षात् उन पत्रों को पढ़ें और देखें कि किस प्रकार एक ही पात्र के पत्र भी एक मुकम्मल बात कह जाते हैं।

कहानी

आपका पत्र पढ़कर दुःख हुआ। आपके जीवन की ट्रेजेडी! जीवन का ऐसा कटु सत्य! मैं कल्पना भी नहीं कर सकती थी। जो दुःख हुआ उसका केवल अनुभव ही कर सकती हूँ, शब्दबद्ध करने में असमर्थ हूँ। मेरी बातों से आपको कष्ट पहुँचा। मुझसे अनजाने में भूल हो गई। हो सके तो माफ़ करने की कोशिश करिएगा। शायद मैं स्वयं को क्षमा कर सकूँ। लगता है, आपने ध्यान नहीं दिया या मुझे अपना नहीं समझा। समझा होता तो मुझे समझाने की चेष्टा करते, डाँटते, कुछ भी कहते, किन्तु उसके स्थान पर...अब तो कुछ लिखते भी डर लगता है कि कहीं आप दुखी न हो जाएँ, बुरा न मान जाएँ। पता नहीं आपने कैसे समझा कि मैंने आपको ग़लत समझा, आपको अभिमानी समझा। यदि ऐसा समझती तो केवल आपके नाम से परिचित होकर आपके पास पत्र लिखने का दुस्साहस न करती। अब तो मैं थोड़ा-बहुत आपके बारे में जान गई हूँ, जितना आपने बताया है। और भी कुछ जान जाऊँगी, यदि आप बताना चाहेंगे। मेरे मन में आपके प्रति न पहले कोई कड़वाहट थी और न अब है। ख़ैर, जो हुआ, अब उस कटु प्रसंग को भूल जाना चाहती हूँ। यह सब केवल एक-दूसरे के विचारों को न समझने के कारण हुआ। और हम एक-दूसरे के विचारों को तभी समझ सकते हैं, जब हम आपस में खुलकर बातें कर सकें। पत्र से तो शायद यह सम्भव नहीं। काश! मैं आपसे मिल पाती, आपसे क्षमा माँग सकती।

पुनश्च :

पत्र तो उसी दिन लिख लिया, किन्तु भेजने की हिम्मत न पड़ी। क्या करूँ अपने मन की व्यथा को...उस आन्तरिक पीड़ा को...काश! आपसे स्वयं क्षमा माँग सकती। ऐसा सम्भव हो सकता...हे मालिक! अनजाने में हुई इस भूल का क्या कोई प्रायश्चित्त नहीं? जलूँ अपनी ही आग में उम्र भर...

2

लगता है, आप उस दिन की घटना से नाराज़ हो गए। आप ही बताइए, मैं अपनी सहेली से न मिलती, उसके पास न बैठती तो वह भी तो नाराज़ हो जाती। आप तो इन छोटी-छोटी बातों से नाराज़ न होंगे, ऐसा मुझे विश्वास है। और अगर ऐसी ही बात है तो मैं माफ़ी चाहती हूँ। वैसे अगर आपकी मर्ज़ी ही नहीं है, तो न आइए। इसका मतलब आप यह न समझ जाइएगा कि आप बिलकुल ही न आएँ। अगर आप मिलना चाहेंगे तो मिल लूँगी, नहीं तो घर के और लोगों से आप मिलिएगा। मैं तो ख़ुद इसी डर से आपसे ज़्यादा बोलती नहीं कि कहीं कुछ अनुचित न कह दूँ और आपको बुरा लगे। इसलिए ख़ामोशी ही बेहतर है।

अब और कुछ न लिखूँगी, नहीं तो कहीं आप गम्भीर हो गए तो क्या करूँगी? फिर भूख-हड़ताल शुरू कर देंगे...

अम्माँ आपको रोज़ याद करती हैं। मुझसे रोज़ पूछती हैं, किसी दिन आ जाइए न!

3

आपका पत्र मिला। पढ़कर ख़ुशी हुई। आपके पत्र का उत्तर क्या दूँ? लिखूँ तो जितना आपने लिखा है उससे दुगुना, चौगुना, दस गुना लिखा जा सकता है, किन्तु आपने सूचना में जो लिखा है उसके बाद कुछ बातें ही नहीं रह जातीं, जिनका उत्तर दिया जा सके। ख़ैर छोड़िए, आपने जो लिखा, अच्छा ही लिखा। आपने मेरे बारे में पहले ही कब अच्छी राय क़ायम की थी? और

अब तो जो बचा था वह भी पूरा हो गया। यदि आपके दिल में कुछ हसरतें रह गई हों तो उन्हें भी पूरा कर डालिए। मैं हाज़िर हूँ।

मैं नहीं जानती थी कि आप ऐसा लिख सकते हैं मेरे लिए। यक़ीन नहीं आता, किन्तु जो आँखों के सामने है उसे झुठलाया भी तो नहीं जा सकता। इस विषय में मैं आपसे कोई प्रतिवाद करूँ, इतना साहस नहीं। केवल इतना ही कहना काफ़ी समझती हूँ कि आपको यह भ्रम है कि आपके जीवन की इस ट्रेजेडी को जानने के लिए मैंने ऐसा लिखा। शायद आप भूल गए हों, मेरे पूछने से पूर्व ही आपने मुझे सब कुछ बता दिया था। इतना यह भी कह दूँ कि किसी के निजी जीवन के बारे में जानने की मेरी इच्छा ही नहीं रहती। सच बताइए, क्या मैंने पूछा था आपसे? आप बताने लगे तो क्या करती? सुनने से इनकार कर देती?

अब आगे नहीं लिख सकती। पीड़ा असह्य हो उठी है। कहीं मैं सचमुच पागल न हो जाऊँ। मुझे मेरी हालत पर छोड़ दीजिए। दुख होगा या सुख क्या उसे ज़बान से कहना ज़रूरी है? क्या दुख का माप आँसू, सुख का माप हास है? नहीं, यह सब केवल अनुभव की चीज़ें हैं। दुख कितना विस्तृत शब्द है, जिसे न कोई कभी व्याख्यायित कर सका है और न वह व्याख्यायित हो सकेगा। दर्द का एहसास कितना सुन्दर है, लेकिन परिणाम कितना भयानक!

4

आपने पिंटू से जो पत्र भेजा था, वह मुझे बाद में मिला। वह देना भूल गया था। जब शाम को अन्नू ने दूसरा पत्र लाकर दिया, तब मुझे मालूम हुआ कि आप पिंटू से भी पत्र भेज चुके हैं। शाम को मैंने अन्नू को आपके कमरे में भेजा था। वह दो बार, 7 बजे और 9 बजे, रात को गया, लेकिन आप नहीं थे। कल एक पार्टी थी, इस अवसर पर आप नहीं रहे, इसका सभी को दुख हुआ। कल दिन में कई बार पिंटू व अन्नू गए। रात को फिर अन्नू गया था। लेकिन फिर वही निराशा। अब क्या लिखूँ? बहुत थक गई हूँ काम करते-करते। रात को जागना भी पड़ा। फिर इत्मीनान से पत्र लिखूँगी। आप शाम को कमरे पर रहिएगा मैं पिंटू को भेजूँगी, नहीं तो फिर लड़ाई हो जाएगी।

5

आपका पत्र मिला। प्रसन्नता हुई केवल देखकर। पढ़ने के बाद क्या हुआ? जाने दीजिए। सुनकर क्या करेंगे? कल रात को मैंने पत्र लिखा था, लेकिन सुबह पिंटू को न दे सकी। अब उसे भेजना बेकार है, इसलिए फाड़कर फेंक देना ही उचित है। मेरे व्यवहार से आपको कष्ट होता है। मुझे स्वयं उस दिन की बातों का दुख है, किन्तु मैं ऐसा करने के लिए विवश हो गई थी। अब तो मन यही करता है कि किसी से न बोलूँ, न मिलूँ। यह वर्ष शायद अब तक के मेरे जीवन का सबसे बुरा वर्ष है। आगे क्या होगा? सब मुझसे नाराज़ हो जाते हैं। अपनी क़िस्मत है, क्या करूँ? आपके प्रति मेरे क्या भाव हैं, मैं ही जानती हूँ। यदि इच्छा हो तो एक बार आकर मुझसे मिल लीजिएगा। आपको विवश करने का मुझे क्या अधिकार है? मैं उसी दुख में सुखी हूँ। आप नहीं आते तो केवल यही दुख रहता है कि आप नहीं आए, आते हैं तो हजारों दुख होते हैं। इसलिए अब तो अच्छा है मैं अपने संसार में लौट जाऊँ जहाँ केवल मैं रहूँ और बीते दिनों की यादें।

6

आपको जो कहना था आप कह चुके। यदि आज्ञा हो तो मैं भी कुछ कहूँ। आपने जो निर्णय लिया है, उसे क्या उचित कहा जा सकता है? यह अन्याय है। क्योंकि यह एकपक्षीय निर्णय है। रहा बुरा मानने का प्रश्न, तो जो कुछ आपने कहा, ग़ुस्से और खीज में, इसलिए बुरा लगना ही न चाहिए। आना न आना आपके ऊपर निर्भर है। इसके लिए मैं आपको मजबूर तो नहीं कर सकती। यदि मुझे दुखी कर आप प्रसन्न रह सकते हैं, तो मेरे लिए इससे बढ़कर और क्या प्रसन्नता होगी। मैं आपके कुछ काम तो आ सकी। मेरी तो बस एक ही प्रार्थना है, "मेरे मालिक, उनके जीवन में ख़ुशियों के फूल बिखेर दे। उसके बदले चाहे मेरे जीवन में काँटों की चुभन ही क्यों न भर दे।"

मैंने अपना विश्वास खोया या पाया, यह तो नारी जाति का दुर्भाग्य है। पुरुष जाति तो सदैव उस पर अविश्वास करती आई है। किन्तु आपके

अविश्वास में भी एक दृढ़ विश्वास छिपा है। ऐसा मेरा विचार है। अब अधिक नहीं लिखूँगी। हर बात का आप उलटा अर्थ निकालते हैं, इसलिए कुछ कहना ही व्यर्थ है।

7

आख़िर आप क्यों नाराज़ हैं? मैं मनाते-मनाते थक गई, किन्तु आप हैं कि आपको कुछ ख़याल ही नहीं हो रहा। मेरी क़सम है आपको, एक बार तो आ जाइए। मैं रोज़ इन्तज़ार करती हूँ। जीवन भर करूँगी। कभी तो तरस आएगा। अच्छा बताइए, कब आएँगे? अब मान भी जाइए। इतने प्यार से मना रही हूँ, फिर भी नहीं मानते। फिर मैं रोने लगूँगी...।

8

मैंने कई बार पिंटू व अन्नू को भेजा, लेकिन आप नहीं मिले। आप छोटी-छोटी बातों पर क्यों नाराज़ हो जाते हैं? क्या इन समाजवालों को मुँह खोलने का अवसर दिया जाए? यह समाज? और उसमें नारी की स्थिति? कभी तो बदलेगा यह समाज! क्या कभी ऐसा होगा? या मेरी कल्पना यों ही घुटकर दम तोड़ देगी? नहीं...ऐसा नहीं होगा। मुझे अपने मालिक पर भरोसा है। मेरी बस यही प्रार्थना है, "उनका जीवन फूलों की सुगन्धि से भर जाए, भविष्य ख़ुशियों से भरपूर हो।"

आइएगा अवश्य।

9

आपका पत्र मिला। आप इतनी छोटी-छोटी बातों का इतना असर लेते हैं। मेरी हर बात से आपको दुख होता है। फिर स्पष्ट है कि मुझे भी दुख होता है। मैंने ऐसी बात ही क्यों कही जिससे आपको दुख हुआ! इसी से एक से हजारों दुख होते हैं। क्या ग़लत कहा था मैंने? जहाँ तक आपकी शिकायत

है, मैंने भी इतने दिन आपकी ख़बर नहीं ली, किसी को भेजा नहीं, पर किसी के साथ ज़बरदस्ती तो नहीं कर सकती। आप अक्सर मिलते ही नहीं, इसीलिए कोई जाने को तैयार नहीं होता।

और देखिए, एक बात कहूँ। यह माफी माँगनेवाली प्रथा बन्द कर दीजिए। मुझे शर्मिन्दगी होती है। मेरी बातें जो ग़लत हों उनके लिए डाँटिए, मना करिए, फिर मैं आपको अपना समझकर ही जो चाहती हूँ सो कहती हूँ। किन्तु आप दुखी हो जाते हैं। आगे अब प्रयत्न करूँगी कि कोई ऐसी बात न कहूँ।

आपको शिकायत है, कोई आपसे बोलता नहीं। कौन दिन में रहता ही है? पिताजी रहते हैं, वे दो-चार बातें कर ही लेते हैं। और कौन बोले? भाई साहब रहते ही नहीं। अन्य भाई बाहर ही रहते हैं। छोटे भाई बच्चे ही हैं। फिर किसी को मैं विवश तो नहीं कर सकती। अपनी इच्छा पर चल नहीं सकती। मुझे स्वयं अपने भाइयों की इच्छा पर चलना है। उनकी ख़ुशी ही मेरी ख़ुशी है। फिर, मुझे तो मिलने दिया जाता है। मुझे तो नहीं रोकते। अब आप इसका जो चाहे अर्थ लगाएँ।

मेरे हृदय में आपके प्रति जो अनन्यभाव है उसे केवल मैं ही अनुभव कर सकती हूँ। काश! आपके जीवन की रिक्तता को मैं भर सकती। इतनी शक्ति, इतनी सामर्थ्य कहाँ से पाऊँ! मेरी बात मानो, जीवन की इस मृगमरीचिका के पीछे मत दौड़ो। यदि दूसरे भी अपनों जैसा प्यार दे सकने की सामर्थ्य रखते तो शायद संसार में दुख न होता। मेरा सम्पूर्ण प्रयत्न होगा कि आपको सुखी देख सकूँ। आगे आपकी इच्छा।

आशा है, आपके मन की गाँठें खुल गई होंगी। जहाँ तक मुझे विश्वास है, मैंने कोई ऐसी बात नहीं लिखी जो दुख का कारण बने, फिर भी जो अनुचित लगे, मेरी धृष्टता समझकर क्षमा करिएगा।

10

आज्ञानुसार पत्र को गम्भीरतापूर्वक पढ़ा और अब शान्त एवं स्थिर मन से लिखने बैठी हूँ। किन्तु लिखते वक़्त क्या लिख जाएगा, कुछ कह नहीं

सकती। सबसे पहला प्रश्न, जो सम्बन्धों की व्याख्या को लेकर आपने उठाया है, उसी से जुड़ा यह प्रश्न भी है, जों अपने में महत्त्वहीन होते हुए भी महत्त्वपूर्ण है और शायद सभी बातों के मूल से भी इसे सम्बद्ध किया जा सकता है। जब मैंने निम्मीजी को पत्र लिखने के लिए पूछा था, तो आपने यह क्यों कहा था कि "नहीं, वे नाराज़ हो जाएँगी, क्योंकि उन्हें मैंने बताया है कि मेरा अपना कोई नहीं।" क्या यह झूठ है? कह दीजिए, यह झूठ है। यह वाक्य...इन थोड़े से शब्दों में, लगा था इतने दिनों के सम्बन्ध को...फिर भी मैं अन्दर से टूटकर ऊपर से शान्त बनी रही। किन्तु कब तक...क्या यही मेरा मोह था, जिसने आपके दुखों में से कुछ अंश अपने लिए भी चाहा? किन्तु दूसरों की वस्तु में अपना भाग खोजना कितनी हास्यास्पद बात है! हो सकता है, आप मेरी इन बातों को ईर्ष्या से जोड़ दें। आपने छोड़ा ही क्या है? वह भी तो कह डाला था। आपसे ईर्ष्या? कितनी लज्जा की बात है? क्या मैं इतनी नीच हो सकती हूँ...?

मुझसे आपको ज़रूरी बातें करनी हैं—वह भी मेरे मन की। अगर मेरे मन की है, तो फिर मैं जानती ही हूँगी। वैसे मुझे मालूम न था कि आप मन की बातें भी जान लेते हैं। तब तो आपको साधू महाराज होना था, कवि क्यों बन गए? फिर भी मैं सुनने को तैयार हूँ। जब इच्छा हो, सुना दीजिएगा। अच्छा, अब आज्ञा दो, रात अधिक हो गई है...

11

कभी इस पर भी विचार किया है? ऊपर से सब प्रकार से सम्पन्न, सुखी एवं शान्त दिखनेवाला मनुष्य भी मन के किसी कोने में कितना बिखरा, कितना टूटा है? कितना दुखी है? इस बात की कल्पना करती हूँ तो अपने को इस स्थिति से अलग नहीं पाती हूँ। आप नहीं आए, जैसी आपकी इच्छा। कितना रोई हूँ उस दिन से मैं...नहीं-नहीं। मैं बिलकुल ठीक हूँ। स्वस्थ हूँ। दोष किसका? मेरा भाग्य! सभी ने इस पाषाण हृदय को ही देखा, उस पाषाण के नीचे बहते स्रोत की धारा को किसी की दृष्टि न छू सकी। आप...आपने सम्बन्ध तोड़ दिया, इसलिए कि मैं अपने से कम समझने लगी

आपको। आपको मैं कम समझूँगी? कभी इस हृदय में झाँककर देखने का प्रयत्न किया है? आह! कितना आदर, कितनी श्रद्धा है इस मन में आपके प्रति। पर–

दुख ही जीवन की कथा रही
क्या कहूँ आज जो नहीं कही

सभी में दुर्बलताएँ होती हैं। और मुझमें...शायद नहीं, दुर्बलताओं में सबसे बड़ी दुर्बलता मेरे माँ-बाप, बहन-भाइयों का स्नेह बन्धन है। इस स्नेह ने जैसे मेरी आत्मा, मेरे स्वचिन्तन को बन्दी बना रखा है। कभी-कभी तो अपने अस्तित्व पर भी सन्देह होने लगता है। आपके सम्पर्क में आई तो लगा अपने अस्तित्व का कुछ बोध कर सकूँगी, किन्तु...आपने मुझे जब-जब अपने स्नेह में जकड़ना चाहा तब-तब जैसे मेरी आत्मा कराह उठी और मैंने अपने समस्त मनोबल से आपका विरोध करना चाहा। यह क्या था? मेरी भूल... मेरे मन का कलुष...आह! जब तुम दूर चले गए तब...तब लगा अपनों का स्नेह भी कहीं बन्धन हो सकता है? अपनों से विद्रोह कर कैसे सुखी रह सकता है कोई? क्षमा कर दो मुझे मेरे...नहीं-नहीं, जलने दो मुझे अपनी ज्वाला में। एक भी शब्द मत लिखना सहानुभूतिवश। आज आपको अपने मालिक के हवाले करती हूँ। आपसे दूर रहकर आपके लिए मंगलकामना करती रहूँगी मैं। 'वे सदा सुखी रहें। संसार को अपनी ज्योति से दीपित करें। मेरे मालिक, मेरी यह प्रार्थना सुन लो।' मेरी अन्तिम प्रार्थना स्वीकार करोगे? वादा करो? अपनी कविता के प्रति कभी निष्क्रिय न होना। एक कवि का समाज के प्रति जो दायित्व है, उसे मत भूलना। आह! मैं आपको मना न सकी। मैं आपकी स्मृति को हृदय से लगाए किसी-न-किसी प्रकार जीवन के दिन व्यतीत कर लूँगी। दुख देनेवाला मालिक सहनशक्ति भी देगा।

12

आज अपने विश्वास को खोकर वह सब कुछ पा सकी हूँ, जो इतने दिनों के विश्वास में न पा सकी। आज आपको सदा के लिए पा लिया है। अब कोई भी ताक़त मुझे आपसे छुड़ाने में असमर्थ होगी।

आज से प्रण है, प्रयत्न करूँगी कि जीवन भर अपनी कलुषित छाया को भी आप पर न पड़ने दूँ। अपने को वेदना की अग्नि में तपाकर भी कभी आप द्वारा अपनाई जा सकूँगी? शायद नहीं। अब सदा के लिए विदा। आप नहीं तो क्या, आपकी स्मृतियाँ जीवन के संग रहेंगी।

तुम एक नहीं हो केवल, स्मृतियाँ सब संचित हैं।
दुख क्या कर लेगा उनको, जो सुख से चिर वंचित हैं।

पुनश्च :

क्या पत्र की आशा करूँ? इतने कठोर न बनो। कम-से-कम प्रायश्चित्त करने का तो समय दिया होता।

13

यह सब आप न भी लिखते तो भी मुझे मालूम था कि यही होना है। यह बात तो आप जिस दिन आए थे, उसी दिन कह गए थे। आप इस आँखमिचौनी से ऊब गए हैं। शायद इसलिए कि मेरे रहते आप दूसरे किसी को नहीं अपना पा रहे हैं। आप सम्बन्ध तोड़ना चाहते हैं, इसलिए कि आपने अपने मन को इस अवस्था में कर लिया है। किन्तु क्या मैं भी कर सकूँगी? न कर सकूँ, तो भी करना ही पड़ेगा। आपकी शान्ति जो इसमें है।

और अपनी शान्ति? वह तो न जाने कहाँ खो गई है? उसी शान्ति की तलाश में तो भटकती हूँ। अब तो शायद मृत्यु का आलिंगन करने पर ही मिले...

आपसे सम्बन्ध जोड़ने के लिए मुझे क्या-क्या नहीं करना पड़ा? अम्माँ की ख़ुशामद की। पिताजी को मनाया। भाई-बहनों की झिड़कियाँ तक सुनीं। फिर भी सबको मना लिया। अपनी प्यारी बेटी, अपनी प्यारी बहन के लिए सब तैयार हो गए। और मैं आपसे जुड़ सकी। हालाँकि सब मेरे इस पागलपन पर हँसते थे शुरू में—जिसे कभी देखा नहीं, न जान न पहचान, केवल एक-दो बार पत्र लिखने पर उस पर इतना विश्वास कर लिया? तुम पागल लड़की हो। दुनिया में ऐसे न जाने कितने लोग होंगे, तुम किस-किस का दर्द समेटोगी? मगर वाकई मैं भी पागल थी। सब कुछ सह-सुनकर भी

सबको ख़ुश रखकर आपसे जुड़ गई। और जब हर तरह से परिस्थितियाँ अपने अनुकूल हो गईं तब उसने, जिसके लिए इतना सब कुछ किया—एक झटके में सब कुछ बिखेर दिया। आप जब भी आते थे, एक न एक बात ऐसी अवश्य कह जाते थे, जो मेरे विश्वास को डिगा देती। मगर मैं, मन का पागलपन कहकर उसे झुठला देती। और एक स्थिति आई कि मैंने सोचा आपसे मिलना ही बन्द कर दूँ। आपका विश्वास पाने के लिए कितना कुछ उलटा-सीधा भी लिखा। मगर हर बार, जब भी कुछ ग़लत होता उसका असर सम्बन्ध पर पड़ता और आप सब कुछ भूलकर अलग होने की बात सोचने लगते। इतने दिनों के सम्बन्ध में ऐसे अवसर न जाने कितनी बार आए और आज फिर वहीं पर बात आकर रुक गई। आगे क्या कहूँ? यह निर्णय कठिन है। मन का चाहा सदैव पूरा हो जाए, आवश्यक तो नहीं। ख़ैर, छोड़िए... जो नहीं मिला उसके लिए दुख क्या?

हाँ, आप मेरी उन सारी वस्तुओं को, जिनसे मेरा सम्पर्क रहा हो, नष्ट कर दीजिएगा।

अच्छा, अब आज्ञा दीजिए। इतने दिनों का कहा-सुना माफ़ कीजिएगा। और आपसे हाथ जोड़ती हूँ, प्रार्थना करती हूँ, अब पत्र मत लिखिएगा। मुझे भूल जाने का प्रयत्न कीजिएगा। मैं जानती हूँ आपका मन करेगा पत्र लिखने को। आप इतने कठोर नहीं हैं। मेरा रोना देख न सकेंगे। फिर भी मैं कहती हूँ, पत्र न लिखिएगा। मेरे माँ-बाप, भाई-बहन का ख़याल करिएगा। इसलिए कि पत्र पाकर एक बार फिर अतीत में खो जाऊँगी और तब जागूँगी जब सब कुछ समाप्त हो जाएगा। अपना तो सब कुछ खो चुकी अब दूसरों के लिए ही कुछ कर लूँ। ख़ैर...जीवन में फूल ही फूल नहीं, काँटे भी हैं। कब तक आँचल बचाऊँगी?

अच्छा, अब बस। किस दिल से तुम्हें अन्तिम बार प्रणाम करूँ?

पुनश्च :

दिन में इतना कुछ लिख चुकी, अभी फिर लिखने बैठ गई। क्या बताऊँ, अपने ही हाथों अपने पैरों में कुल्हाड़ी मारना बुद्धिमानी है या मूर्खता?

फिर आपके आगे हाथ पसारती हूँ। ख़ाली हाथ न लौटाना। झोली में

कुछ डाल देना। मैं स्वयं नहीं समझ पा रही हूँ, इतना सब कुछ हो जाता है? वह कौन अदृश्य शक्ति है जो हमारे मिलन में बाधक बनती है? आप ही कुछ बताइए इस विषय में। कहीं मैं पागल न हो जाऊँ। कैसे भूलूँगी आपको?

14

भाई साहब को पत्र लिख रही थी, उसे अधूरा छोड़कर आपको पत्र लिखने बैठ गई। यह सब क्या पढ़ा मैंने? यह सब कैसे हो गया? क्यों इतने निराश होते हो? नौकरी से त्यागपत्र किसलिए? क्या करिएगा अब? अपना कुछ तो ख़याल करिए। अपने को कष्ट देकर क्या मिल रहा है आपको? जब से आपका पत्र पढ़ा, बहुत रोकने पर भी आँसू नहीं रुक रहे हैं।

आप यहाँ तक आए और घर नहीं आए। मैं नहीं आ सकती, किन्तु आप आ जाते तो एक नज़र आपको देख तो लेती। इतनी घृणा किससे? मुझसे?

देखिए, जीवन भावुकतावश नहीं काटा जा सकता। कब तक अपने में ही खोए अपने को हर प्रकार से खंडित करते हुए रह सकोगे। वादा करो कि प्रसन्न रहने की चेष्टा करोगे। अपने को यों न नष्ट करोगे।

और हाँ, लखनऊ में अगर आपको नौकरी मिल रही है, तो अवश्य कर लीजिए।

15

आपने जो लिखा सब ठीक है। यह तो मैं ही जानती हूँ या फिर मेरा मालिक कि आपके प्रति मेरे मन में कैसे भाव हैं? रह गई व्यवहार की बात तो मुझे समाज की परवाह नहीं। फिर भी मैं विवश हूँ...ख़ैर, छोड़िए।

मुझे आपसे कोई शिकायत नहीं। बस आप दुखी न होइएगा। और इस शहर से जाते समय मिलकर जाइएगा। एक बार अवश्य। फिर ख़ूब बातें करूँगी। और इस बीच आ सकना तो एक बार आकर मुझे अपना दर्शन दे जाना। मन बड़ा दुखी है।

16

संसारवालों ने आपको छोड़ा और आपने मुझे छोड़कर संसार की निष्ठुरता का बदला उससे ले लिया। आज समझ पाई हूँ पुरुष जाति की कठोरता। पहले भी तो हममें लड़ाई होती थी, तब तो आप इतना नाराज़ नहीं होते थे और अब आख़िर इतना क्रोध क्यों? मैं समझती हूँ कारण। उस दिन की रातवाली घटना...किन्तु आपने जो समझा, वह ग़लत है। अपने हृदय को विशाल बनाओ। किसी से दो बातें करने पर आप इतना नाराज़ हुए, कि सदा के लिए सम्बन्ध तोड़ डाला।

ख़ैर, आप नहीं चाहते तो मैं कैसे विवश करूँ? आप तो यही सोचते होंगे कि मैं स्वार्थिनी हूँ। और अन्त में एक बात और—अपनी करुण-कथा सुनाकर दूसरों से क्षणिक सहानुभूति की अपेक्षा में अपने को बरबाद न करो। संसार बड़ा कठोर है। किसी के दुख से उसे सहानुभूति नहीं होती। वह तो केवल हँसना जानता है दूसरों पर। मैं हँसी थी आपकी कहानी सुनकर, इसीलिए कि अब आप किसी को अपनी कहानी न सुनाएँ। आपने ग़लत अर्थ लगाया। मैं नहीं चाहती थी कि आप हँसी के पात्र बनें, लेकिन आप समझ नहीं पाए। ख़ैर...

17

आपने पिंटू से कहा था दो दिन बाद आऊँगा, पर अभी तक आपका दो दिन नहीं हुआ। मैंने पिंटू को एक बार फिर भेजा था, लेकिन तब तक आप बाहर से वापस नहीं आए थे। इस बीच मैंने आपको एक पत्र लिखा था। पता नहीं वह मिला या नहीं? आप नाराज़ हैं। कैसे मनाऊँ आपको? कल मैं पूरे दिन रोती रही अपनी बेबसी पर। आज मैं मजबूर न होती तो आप नाराज़ होकर यों न चले जाते। कहाँ तक मुझसे भागते? कहीं-न-कहीं तो आपको पा ही जाती। मैं आ नहीं सकती। कोई है भी नहीं। सब देहात गए हैं। किसको भेजूँ? क्या करूँ? पत्र ही लिखूँ।

तो क्या अब कभी नहीं आएँगे? क्या आपको अब मैं कभी न देख

सकूँगी? मेरा अपराध क्या है आख़िर? अकारण ही इतना क्यों नाराज़ हो गए? मैंने क्या कहा था? जो कहा था अपना ही समझकर। और आप रूठकर चुपचाप चले गए। कहाँ खोजूँ? रो लेती हूँ, कुछ कर तो नहीं सकती। शायद मेरे आँसुओं से ही खिंचकर चले आओ।

आह! किसने हमारे बीच यह दूरी पैदा कर दी? कौन है वह निष्ठुर? सच, नहीं आओगे? विश्वास नहीं आता। आओगे। मेरे जीवन में न सही मेरे मरने पर तो आओगे। आओगे न? हाँ, आ जाना। अपने कन्धों पर उठाकर मुझे अन्तिम मंज़िल तक पहुँचा देना।

मगर मुझे मौत कहाँ? मालिक भी तो मुझे अपने यहाँ जगह न देगा, आप जो नाराज़ हैं। मान जाओ न। मैं वादा करती हूँ, अब कभी नहीं नाराज़ करूँगी। तुम्हारा सब कहना मानूँगी। सच कहती हूँ, जो कहोगे वही करूँगी। एक बार और क्षमा कर दो।

तुम जा रहे हो। मन करता है, तुम्हें रोक लूँ। न जाओ यहाँ से। नहीं-नहीं, जाओ। ख़ूब अच्छी सर्विस करो। संसार में नाम ऊँचा करो। मेरी यही कामना है। छोड़ दो मुझे अकेली रोने के लिए, तड़पने के लिए। बहुत सुख उठा चुकी। अब तो दुखों से ही नाता जोड़ लिया है। अब तो आँसू ही साथी हैं। रोऊँगी, ख़ूब आँसू बहाऊँगी और एक दिन खो दूँगी अपनी इन आँखों को। आह! कब तक साथ देंगी ये कमज़ोर आँखें? ठीक है, जाएँ। सब जाएँ। मुझे छोड़कर। अन्धी आँखों को लिए भटकूँगी। ठोकरें खाऊँगी। अच्छा है, तुम्हें शान्ति तो मिलेगी।

हाँ, मुझे दुख है कि मैं तुम्हारे दिए हुए ज्ञान का मूल्य न चुका पाऊँगी। मेरे पास कुछ नहीं, जो तुम्हें दे सकूँ। उफ़! मेरे मालिक, क्या-क्या लिख गई! जाओ, जहाँ सुख मिले वहाँ जाओ। मेरे पास दुखों के अतिरिक्त क्या पाओगे? जाओ! जाओ मेरे...

18

आशा है, अच्छे होंगे। आज कितने दिनों के बाद पत्र लिखने बैठी हूँ। सो भी अपने मतलब से। जो बात आप बाद में कहेंगे, उसे मैं पहले ही न कह

दूँ। स्वार्थी तो मैं हूँ ही। आप अपनी उस कविता को भूल चुके होंगे, पर एक-एक शब्द मेरे हृदय में बिंध गया था। कैसे भूल सकती हूँ? सोचा था उस कविता का ज़िक्र कभी न करूँगी, पर आज ज़बान पर बात आ ही गई...

कल रात ख़ूब रोई हूँ। आज आपको पत्र लिखने बैठ गई हूँ। कुछ आपसे कह लेने पर मन का बोझ हलका हो जाए शायद!

दो बार आप आए, मैं मिल न सकी। आप अवश्य रूठे होंगे। पर क्या सफ़ाई दूँ? मेरा पत्र पाकर थोड़ी देर के लिए ही आ जाना। मैं इन्तज़ार करूँगी। पर बिना मुझसे मिले मत जाइएगा। आकर आप मुझे पुकारते क्यों नहीं? क्या आपको यह अधिकार नहीं है? अच्छा, ज़रूर आइएगा। मुझे एक काम भी है। जल्दी ही, क्योंकि आप ही से थोड़ी उम्मीद है कि मेरा काम कर देंगे। बस, अब आज्ञा दीजिए।

19

ढेरों प्यार!

मेरे इस प्रकार लिखने पर आप हँस रहे हैं? पर क्या करूँ, प्यार के सिवा मैं दे भी क्या सकती हूँ। किन्तु, कितनी विवशता है कि उसे भी आप तक नहीं पहुँचा पाती हूँ।

हाँ, बताइए, अब आपकी तबीयत कैसी है? निम्मीजी के पत्रों से मुझे आपके विषय में मालूम होता है। क्या हो गया है आपको? आप इतनी दूर जा बसे हैं कि मुझे कुछ ख़बर भी नहीं मिल पाती। निम्मीजी न लिखें, तो शायद मालूम भी न हो।

अपनी सेहत का ख़याल रखिए। मेरे शब्द अटपटे लग रहे होंगे...इतने दिन बीत गए, इसी से पत्र भी नहीं लिखा था। मेरे ये सहानुभूति भरे शब्द आपका इलाज तो नहीं कर सकते। फिर निम्मीजी ने भी लिखा था, "उसको कुछ ऐसी बातें न कहना जिससे उसे दुख पहुँचे।" इसी से नहीं लिखा, किन्तु आज अपने को न रोक सकी। आपको कोई बात बुरी लग जाए तो माफ़ करिएगा।

उस रोज़ आप आए, मैं मिल न सकी। आप इतनी जल्दी चले गए। फरवरी बीती। मार्च बीत गया। फिर उस रोज़ आए भी तो बिना मिले चले गए। मैं सो रही थी। पिंटू ने उठाया तो आप जा चुके थे।

अब कब आइएगा? मैं इन्तज़ार करूँगी। आओगे न?

20

मैं आपके पत्र का उत्तर क्या दूँ? सारे उत्तर तो आपने स्वयं ही दे डाले हैं। फिर भी एक बात कह रही हूँ। अपनी सेहत का ख़याल रखिएगा।

भला आपकी बातों का मैं क्यों बुरा मानूँगी? फिर आपने मुझे कहा ही क्या है? यदि कुछ कहोगे तो भी बुरा नहीं मानूँगी। मैं तो चाहती हूँ आप ख़ुश रहें। मैंने क्या-क्या नहीं सोचा है, पर सोचकर ही क्या करूँ? मेरे वश में कुछ है? क्या आप मेरी स्थिति से परिचित नहीं? मेरे निर्णय तो स्वयं दूसरों की मुट्ठी में बन्द हैं। मैं कर ही क्या सकती हूँ? हाँ, आँसू बहा सकती हूँ। पर आँसुओं का मूल्य? उनसे किसी की प्यास भी तो नहीं बुझ सकती। सहानुभूति किसी का पेट नहीं भर सकती, तन नहीं ढक सकती, घर नहीं बसा सकती। यह सच है, पर इसके अतिरिक्त मैं आपको दे भी क्या सकती हूँ?

मैं केवल इतना कहूँगी कि आप अपना ध्यान रखें, दुनिया को छोड़ दें। दुनिया दुख के अतिरिक्त कुछ नहीं दे सकती। पर मुझे विश्वास है, कल यही संसार आपके क़दमों में होगा। इसी कामना के साथ मैं आज्ञा माँगती हूँ।

21

पता नहीं मेरे पत्र लिखने की आवश्यकता है या नहीं। जब हमारे सम्बन्धों के बीच आत्मीयता ही नहीं रही, तब व्यर्थ की औपचारिकता निभाने से ही क्या लाभ? फिर मुझसे यह औपचारिकता निभाई भी नहीं जाएगी। जब तुम्हारी दुनिया में मेरे लिए कोई स्थान ही नहीं तब सम्बन्धों की लाश को ढोने से ही क्या?

जानती हूँ, तब और अब में बहुत अन्तर हो गया है। इतना ऊब गए थे मुझसे कि अब मेरी आवश्यकता ही न रही? ख़ैर...जो होना था सो हुआ। अब न उसे लौटाया जा सकता है, न उन टूटे धागों को जोड़ा ही जा सकता है। बस, मुझे पत्र मत लिखिए।

22

अभी तक मुझसे रूठे हो? क्या अब बोलना भी छोड़ दोगे? पहले तो तुम ऐसे नहीं थे। मेरा लिफ़ाफ़ा मिला होगा। फिर उत्तर क्यों नहीं दिया? अब लिखोगे न पत्र?

सच कहती हूँ, मैंने किसी कटुता से ऐसा नहीं लिखा था। बस, न जाने क्यों तुमसे मान-मनुहार की इच्छा हुई थी। नहीं जानती थी। तुम रूठ जाओगे। अच्छा, अब आगे से ऐसा नहीं लिखा करूँगी, कभी तुमसे प्यार पाने की इच्छा नहीं करूँगी। बस, अब तो ख़ुश हो न? तुम मुझसे रूठा मत करो। मैं वादा करती हूँ, अब से जो कहोगे, वही करूँगी। तुम्हारी हर बात मानूँगी, चाहे स्वयं पर सख़्ती ही क्यों न करनी पड़े। तुम्हारे लिए मैं सब कुछ झेलूँगी। बस, तुम मुझसे नाराज़ न हुआ करो। मुझे बहुत दुख होता है। तुम मानो न मानो, पर जब से तुम्हारा पत्र मुझे मिला है, तब से रोती ही रही हूँ। क्या तुम्हें दुख नहीं हुआ होगा? हुआ होगा ज़रूर। तब?

तुम तो कहते थे, "मैं निर्दयी नहीं," तब क्यों बन गए हो मेरे प्रति इतने क्रूर? पर यदि तुम्हें इसी में सुख मिल रहा हो तो ठीक है। एक बार पत्र लिख दो न!

बस, एक बार मुझे क्षमा कर दो। मैं जानती तो पहले ही ऐसा अवसर न आने देती। पर अब क्या करूँ? ग़लती हो गई है तो उसे क्षमा कर दो।

मैं स्वयं नहीं जानती कि मुझे आपसे इतना प्यार क्यों हो गया है। आप मुझ पर विश्वास नहीं करते, न करें। मुझे अपने प्यार का प्रतिदान नहीं चाहिए। बस, मैं केवल इतना ही चाहती हूँ, आप मुझसे नाराज़ न हुआ करें।

अच्छा, पत्र दीजिएगा। मैं प्रतीक्षा करूँगी।

23

आज शाम को तुम्हारा पत्र मिला और अभी ही लिखने बैठ गई हूँ।

इससे पहले भी मैंने पत्र लिखा, पर कहाँ भेजती? किस पते पर? तुम्हारे दो-दो इंटरव्यू लेटर यहाँ आए रखे हैं, डेट भी ख़तम हो गई। और तुम्हारे लखनऊवाले ऑफिस से भी पत्र आया है कि तुम आठ तारीख़ से अनुपस्थित हो। आख़िर तुम कहाँ रहे इतने दिन? ख़ैर...मैं कौन हूँ जो मुझे सूचना देते?

तुमने लिखा है, "अभी मत लड़ो, जब परिस्थितियाँ ठीक हो जाएँ तब ख़ूब लड़ लेना।" पर जब परिस्थितियाँ ठीक हो जाएँगी तब तुम स्वयं मुझसे रूठ जाओगे। मुझसे बोलना पसन्द नहीं करोगे। मैं जानती हूँ यह सब होगा। सब होगा। तब मेरे आँसू भी तुम्हें नहीं खींच सकेंगे। काश! मैं तुमसे इतना प्यार न करती? क्या करूँगी उस दिन जिस दिन तुम सारे विश्वासों को तोड़कर चल दोगे? मैं रोती रहूँगी। बस। शायद ये आँसू ही जीवन के साथी हों। ओह! मैं क्या लिख रही हूँ? यह सब लिखना क्या उचित है?

पर इतना समझ लो, मैं न तुमसे कभी रूठी हूँ, न रूठूँगी। हाँ, इतना कहूँगी कि एक दिन तुम ज़रूर मुझसे दूर चले जाओगे। और बड़ी ही निर्ममता के साथ। मगर मैं शिकायत नहीं करूँगी। जहाँ इतना सहा है वहाँ थोड़ा और सह लूँगी।

तुम्हारी किताबें सुरक्षित हैं। मैं तो उन्हें छूती भी नहीं। दूर से देख लेती हूँ। कुछ भी नहीं, न तुम्हारे पत्र न चित्र। कुछ भी नहीं। जानती हूँ, यह सब कुछ एक दिन छिन जाएगा...

बस, अब नहीं लिखूँगी। पत्र जल्दी लिखना। मैं कितना परेशान रहती हूँ तुम्हारे पत्र के लिए। और समय निकालकर एक दिन के लिए ही चले आओ, तुम्हें देखे बहुत दिन हो गए हैं।

24

आज आपका अन्तर्देशीय पत्र मिला। उसके पहले लिफ़ाफ़ा भी मिला था और मैंने उसका जवाब भी दिया था। क्या सच, आपको मेरा पत्र नहीं

मिला? उसमें ढेर सारी बातें लिखी थीं। ख़ैर...

मैं भला रुष्ट क्यों होने लगी? रूठ भी जाऊँ तो अन्तर ही क्या पड़ जाएगा! मनानेवाला ही कौन बैठा है?

यहाँ आए और मुझसे बिना मिले चले गए। मैं इतना निष्ठुर नहीं समझती थी। मेरे प्रति इतनी निर्ममता दिखाओगे? अच्छा किया, नहीं आए। मैं हूँ भी कौन? जो अपने रहे होंगे, उनसे मिल ही लिया होगा।

हाँ, आपने लिखा है कि आप यहाँ आकर कुछ करेंगे। तो मैं जानती हूँ, क्या करिएगा। यही न कि सारे सम्बन्ध तोड़ लेंगे? ऊब गए हैं मुझसे अब...आगे लिखने की इच्छा नहीं हो रही है। मन दुखी हो रहा है...अब कब आइएगा? अब तो पत्र लिख रही हूँ, आइएगा न अब तो घर? मैं इन्तज़ार करूँगी।

मेरी तबीयत ठीक नहीं है। 4-5 रोज़ से दवा खा रही हूँ। कोई फ़ायदा नहीं। मैं अब मरना चाहती हूँ। मुझे अच्छा नहीं लगता दुनिया में। क्या पागलपन है! बस, जिए जा रहे हैं, यह भी कोई बात हुई?

बस, आज से एक हफ़्ते के अन्दर आपका पत्र मिल जाना चाहिए। पन्द्रह रोज़ से आपके पत्र का इन्तज़ार कर रही थी, सो आज मिला। जानते हैं, कब? जिस समय मैं आपके बारे में सोच रही थी तभी।

25

अभी-अभी आपका पत्र मिला। हर दम लड़ने के मूड में क्यों बने रहते हैं?

मुझसे वादा करके भी आप इतवार को नहीं आए। क्यों? जहाँ तक आपकी किताबों का प्रश्न है तो मुझे उन्हें रखने में कोई कष्ट नहीं है, न था और आगे कभी हो भी नहीं सकता। जब चाहेंगे ले जाएँ, जब तक चाहें रखे रहें मेरे पास। बहरहाल चीज़ तो आपकी ही है। हाँ, आपको एक सूचना दे दूँ कि मैं अब बहुत जल्दी ही मर जाऊँगी। चाहती तो नहीं थी कि आपसे कहूँ पर...डॉक्टरों का कहना है कि मुझे टी.बी. हो गई है...

मुझे आपसे न पहले कोई शिकायत थी, न अब है, न कभी होगी। अच्छा-बुरा जो चाहिए, कह लीजिए।

और आपका प्रश्न, इतने बड़े परिवार में मैं इतना अकेलापन क्यों महसूस करती हूँ? वह परिवार जो केवल बाहर से बड़ा दीखता है अन्दर से कितना खोखला हो चुका है, इसे कोई क्या जाने? ओह! मेरा हृदय फट क्यों नहीं जाता? आख़िर कौन-सी चाह मुझे ज़िन्दा रहने को विवश किए हुए है। तुम्हारा प्यार? नहीं, नहीं, मैं कुछ नहीं चाहती। कुछ भी नहीं, उस प्यार को पाने के लिए मैं कितनी बार आपके द्वार पर गई। काश! मैं आपका प्यार पा सकती। पर नहीं, मुझे कुछ भी नहीं मिला। आपने मुझ पर विश्वास ही नहीं किया। फिर भी मैं क्यों आपसे प्यार करती रही हूँ? क्यों? क्यों इतना विश्वास करती रही हूँ? मैं स्वयं नहीं जानती। यह सब क्यों होता रहा है? आख़िर हम किस मोह में बँधे हैं? क्या मैं कभी इस मोह से उबर सकूँगी?

और क्या कहूँ? आपकी मंगलकामना करते हुए भी मन डरता है। कहीं मेरे दुर्भाग्य की छाया न आप पर पड़ जाए। हो सके तो भूल जाना। आपको भूल पाना तो मेरी सामर्थ्य से बाहर है।

मैं ठीक हूँ। मेरा हृदय वज्र बन चुका है। मैं पत्थर हूँ पत्थर, जो टूट सकता है, सुलग नहीं सकता। अगर आप आरोप लगाकर ही अलग होना चाहते हैं, मुझसे सम्बन्ध तोड़ना चाहते हैं, तो वही सही। बस।

इतने दिनों का कहा-सुना माफ़ करना। अब पत्र मत लिखना। क्योंकि अब इन अर्थहीन शब्दों से काग़ज़ स्याह करने से कोई लाभ नहीं है।

पुनश्च :

कल से अम्माँ की तबीयत बहुत ख़राब है। प्रार्थना करना कि मेरी अम्माँ जल्दी से ठीक हो जाएँ।

26

ख़ैर, तुम्हारा पत्र आया तो। आख़िर तुम भी यूनियनबाज़ी में लिपट गए। पर यह बताओ, इतनी ठंड में तुम्हें भला जेल जाने की क्या ज़रूरत थी? तुम न जाते तो शायद काम न बनता। उलटी-सीधी बातों-कामों में ही तो तुम्हारा मन लगता है। गरम कपड़े वग़ैरह लेकर गए थे या नहीं? वहाँ पर

रहने की क्या व्यवस्था थी? जेल में इतने दिन कैसे रहे होंगे? मैं कहती हूँ, तुम अपना ध्यान क्यों नहीं रखते?

27

पत्र नहीं लिख सकी। क्या बताऊँ, डॉक्टर और दवाओं से फुर्सत मिले तब न!

हाँ, आपकी फ़िलॉसफ़ी तो अपने पागल दिमाग़ के कुछ पल्ले ही नहीं पड़ती। कैसी कुंठा और कैसी मरुभूमि? किसने कहा है? मुझे बताइए तो, मैं पूछूँ जरा उससे। अभी तो आपको बहुत कुछ करना है।

और भविष्य के प्रति कौन-सी ख़तरनाक बात? जब भविष्य का कुछ निश्चित नहीं तब उसकी भयंकरता से डरना कैसा?

ख़ैर, मुझे केवल आपकी ख़ुशियों से मतलब है। और यह तो सच है कि प्रकृति की क्रूरता आपके साथ है, लेकिन क्रूरता को कोमलता में बदलना तो होगा ही।

थोड़ी-सी ज़िन्दगी है, उसे हँसी-ख़ुशी गुज़ार दो। जो सुख मिल जाए, उसे ही बहुत समझ लो। देखते नहीं, दुनिया में क्या से क्या हो रहा है? आप तो स्वयं मुझसे अधिक समझदार हैं। काश! मेरे प्यार की रोशनी में आप अपने लिए कोई मार्ग खोज पाते!

अब तो नहीं नाराज़ होंगे मुझसे आप? यहाँ कब आइएगा?

28

क्या मौन-व्रत धारण कर रखा है? आख़िर इतनी लम्बी चुप्पी का कारण? क्या बात है? अभी तक नाराज़गी ख़त्म नहीं हुई?

घर आए थे, थोड़ी देर इन्तज़ार ही कर लेते। क्या मैं घर लौटकर न आती? और जब से गए, एक भी पत्र नहीं भेजा।

और घर में सब ठीक है। बस, मैं ही चलती-फिरती रोगिणी बनी हूँ। हर महीने सौ-डेढ़ सौ रुपयों की दवा खा जाती हूँ।

पत्रोत्तर अवश्य दीजिएगा।

29

आप पत्र क्यों नहीं दे रहे हैं? क्या मैं मर जाऊँगी तभी पत्र लिखेंगे? आपको मालूम नहीं है कि मैं कितनी बीमार हो गई हूँ? हफ्तों से हॉस्पिटल में पड़ी हूँ। न जाने कब तक इलाज चलेगा? शायद तीन-चार महीनों के बाद आँतों का ऑपरेशन भी कराना पड़े! क्या आपको मुझ पर ज़रा भी दया नहीं आती?

30

कल शाम तुम्हारा पत्र मिला। वैसे न मिलता तो ही ठीक रहता।

रात मुझे बुख़ार आ गया, इसलिए चाहते हुए भी उस समय तुम्हें पत्र नहीं लिख सकी। अब इस समय लिख रही हूँ, हालाँकि यह कहना कठिन है कि मैं स्वस्थ हूँ।

वैसे कुछ भी लिखना अब व्यर्थ है। हर कोई इतना ख़ुशक़िस्मत नहीं होता कि उसे सच्चा प्यार मिल सके। मैं भी सच्चा प्यार पाने के लिए भटकती रही। लेकिन मेरे भाग्य में शायद ऐसा नहीं था। तुम भी क्या करोगे जब मेरे भाग्य में यही सब कुछ लिखा है।

लेकिन एक बात कहूँगी। मुझे तुमसे अब भी उतना ही प्यार है, जितना पहले था और हमेशा रहेगा। मेरे मन में तुम्हारे प्रति कितना आदर है, तुम नहीं समझ सकते।

तुम्हारी पुस्तकें सुरक्षित हैं, तुम जब चाहे आकर ले जा सकते हो।

31

सुना और पढ़ा तो बहुत था, लेकिन अनुभव भी हो गया कि दुनिया में कुछ लोग इतने नीच, स्वार्थी, मतलबपरस्त और ख़ुदगर्ज़ भी होते हैं। अपनी मनगढ़न्त कहानी सुना-सुनाकर दूसरों की सहानुभूति बटोरने की कला में आप काफ़ी दक्ष हैं।

रावी लिखता है

मैं आपको चेतावनी देती हूँ कि अब आप मुझे कोई पत्र न लिखें। क्योंकि न मेरे पास और न मेरे घर में अन्य किसी के पास इतना फ़ालतू समय है कि ऐसे कृतघ्न लोगों के साथ सिर खपाएँ।

32

ओह, पता नहीं क्या-क्या लिख डाला था मैंने आपको! दरअसल उस समय मेरी मनःस्थिति बिलकुल ठीक नहीं थी। एक आघात सहन नहीं कर पाई थी कि आपके पत्र से दूसरा आघात लगा। मुँह जब कड़वा रहता है, तो हर चीज़ कड़वी लगती है। शायद यही कारण है कि अवसर पाकर मैंने मन का सारा क्षोभ उतार दिया था। फिर भी यह विश्वास था कि आपको मना लूँगी।

आज कई दिनों से आपकी बहुत याद आ रही है। एक बार सभी पत्रों को पढ़ डाला। सोचती रही, प्यार के इतने लम्बे-चौड़े दावे कितने निराधार थे? क्या सच, आप मुझे इतना प्यार करते थे?

ख़ैर, पुरानी बातों को फिर उठाने से क्या फ़ायदा? हाँ, एक बात अवश्य कहूँगी कि वह पत्र लिखकर मुझे कितना दुख हुआ था, यह मैं ही जानती हूँ। किन्तु उस पत्र के लिए मैं आपसे क्षमा नहीं माँग सकी। क्यों? इस 'क्यों' के लिए एक लम्बी कहानी सुननी पड़ेगी, जिसे मैं आपको या किसी को भी नहीं सुना सकती। बस, परिस्थितियों के सब चक्कर हैं...

33

तुम इतने आज्ञाकारी हो कि मेरे मना कर देने के बाद अब भला पत्र कैसे लिख सकते हो! क्या मैंने आने के लिए भी मना किया था जो आए नहीं।

ख़ैर, जो हुआ सो हुआ। पत्र ज़रूर लिखना। तुम जानते हो, मेरी तबीयत ठीक नहीं है, फिर भी मुझे परेशान करते हो। मुझे बहुत चोट आ गई थी एक एक्सीडेंट में। पर तुम तो इतने बेमुरव्वत हो कि...ख़ैर...

34

तुम तो पत्र लिखोगे नहीं, मैं ही लिख दूँ। न जाने कैसे उस दिन आ ही गए थे। शायद किताबें न लेनी होतीं, तो आते भी नहीं। शेष किताबें भी अब तुम ले ही जाओ। क्योंकि अब मेरी उपयोगिता ही क्या रह गई है? अब तो देखभाल करनेवाला भी कोई मौजूद है वहाँ...

अब कुछ लिखा नहीं जा रहा है...बस...अपनी सेहत का ध्यान रखना।

तुम्हारी
'तुम'

'मेरी तुम' कहकर यही तो नया सम्बोधन दिया है, तुमने पिछले दिनों। इसलिए कि शायद हमारे बीच सारे मानवीय रिश्ते टूट चुके हैं। फिर भी क्या हम जुड़े हैं? वैसे इस प्रश्न का उत्तर न मेरे पास है न तुम्हारे पास। पर हम जुड़े रहेंगे। उस समय तक, जब तक हमारी आत्माएँ जीवित हैं।

35

तुम्हारा पत्र तो आया नहीं, तुम्हारी कविताएँ ही निकाल-निकालकर पढ़ रही हूँ।

यह नाव
हमारी है
हम दोनों की
हम इसे साथ-साथ खेएँगे
साथ-साथ पार होंगे
साथ-साथ डूबेंगे

शायद तुम्हें याद हो, कभी तुमने यह कविता भी लिखी थी और फिर अपनी नाव खेते हुए तुम आगे बढ़ गए थे।

कहाँ? यह बात तो तुम्हें ही ज्ञात होगी। शायद अपनी मंज़िल की तलाश में। और तुमने अपनी मंज़िल पा ली। तुम अपनी इच्छा के, अपनी मर्ज़ी के मालिक थे। मैंने तो कभी तुमसे कुछ नहीं कहा। किसी बात के लिए

तुम्हें विवश नहीं किया। जो तुम्हारी ख़ुशी थी, उस ख़ुशी से ही ख़ुश होती रही। फिर भी...

खै़र, छोड़ो...तुम ख़ुश रहो, बस मेरे मन की यही अभिलाषा है।

36

तुम्हारा पत्र आख़िर कब तक नहीं आएगा? कब तक मैं तुम्हारी कविताओं के सहारे ज़िन्दा रहूँगी? आज मैंने तुम्हारी वह कविता पढ़ी :

हमने जिस भवन का निर्माण किया है
वह धराशायी हो जाएगा, तब?
तब तुम क्या करोगी?

मैं पूछती हूँ, हमने जिस भवन का निर्माण किया था उसे धराशायी करने में पहल किसने की है? तुम्हारे नए भवन-निर्माण के लिए यदि मुझे खँडहर बन जाना पड़ा तो फ़र्क़ ही क्या पड़ता है? मैं तो तुम्हारे ही भवन निर्माण से ख़ुश हूँ।

37

एक बार तुम्हारा पत्र फिर पढ़ डाला। इच्छा हो रही है कि तुमसे कुछ बातें करूँ। आज्ञा दोगे?

तुमने लिखा है कि मैं सब कुछ साफ़-साफ़ कह दूँ। लेकिन मैं समझती हूँ, तब तो मुझे एक थीसिस ही लिखनी पड़ जाएगी।

तुम कवि हो। मेरी दृष्टि में तुम एक महान साहित्यकार हो। अपनी दृष्टि में तुम अदना आदमी हो, यह तुम्हारी विनम्रता है। हर महान प्रतिभा स्वयं को अदना ही समझती है। हाँ, आदमी तो वाक़ई तुम ठीक से क्या, बिलकुल नहीं हो। मैंने तो बहुत चाहा कि तुम आदमी बनने की चेष्टा करो किन्तु मैं हार गई। वाक़ई मैं अब तक नहीं समझ पाई कि तुम किस दुनिया के प्राणी हो! और यदि कभी तुमने मेरे मन की गहराइयों में झाँककर देखा होता तो तुम्हें यह कहने का साहस न होता कि ग़लत व्यक्ति को अपनी

ज़िन्दगी देकर तुम क्या करती? जिसे तुम ग़लत समझते हो, वह मेरी दृष्टि में भी ग़लत हो, ऐसा नहीं हो सकता। एक ही परिस्थिति में एक ही वस्तु किसी के लिए सही होती है, तो किसी के लिए ग़लत। तब तुमने सही-ग़लत का निर्णय कैसे ले लिया?

दुनियावालों ने तुम्हारी भावनाओं को नहीं समझा। और यदि किसी ने समझने की चेष्टा की तो...

तुम कहते हो, कविताओं का मोह छोड़ दूँ। पर तुम्हारी दुश्मनी मुझसे है इसलिए दुश्मनी निकालने का हक़ केवल तुम्हें मुझसे है। एक अबोध नन्ही बालिका से तो तुम्हारा कोई बैर नहीं? तब उसके सपनों को तुम क्यों छीनना चाहते हो? तुम सोच रहे होगे, यह कैसी विचित्र बात है? कहीं मेरा दिमाग़ तो नहीं ख़राब हो गया है? नहीं, मैं बिलकुल स्वस्थ हूँ। मैं अपने अन्दर की उस नन्ही अबोध बालिका के सपनों को नहीं बिखरने देना चाहती। यह जानते हुए भी कि सपने सपने हैं, उन्हें हक़ीक़त में नहीं बदला जा सकता। फिर भी, जब वह नन्ही बालिका उन सपनों से ही बहल जाती है तो क्या मैं उसका गला घोंट दूँ? मैं नहीं समझती तुम इतने निर्मम होगे।

मैं जब बच्ची थी तभी मैंने एक पुस्तक में कुछ बहुत-सी सुन्दर कविताएँ पढ़ी थीं, जिन्हें किसी कवि ने एक बच्ची के लिए लिखा था। न जाने क्यों, तब से अपने मन में एक सपना सँजोए मैं बढ़ती रही कि कभी कोई मेरे लिए भी ऐसी ही कविताएँ लिखेगा। और तुम्हारे रूप में जब मुझे 'वह' मिला तब मैं खिल उठी। लेकिन मैं नहीं जानती थी कि...

एक बार और, मैंने तुमसे कभी कुछ नहीं छिपाया है। मैं तुमसे सब कुछ कहती रही हूँ, पर तुमने नहीं सुना तो मैं क्या कर सकती थी?

अन्त में एक प्रार्थना है, तुम एक बार मेरे पास आ जाओ। मैं तुमसे कुछ नहीं मागूँगी, कुछ नहीं पूछूँगी।

बस, एक बार तुम्हें देखने की इच्छा है।

38

तुम कहते हो, 'इतिहास सदैव नया लिखा जाता है, पुराना इतिहास कभी नहीं

दुहराया जाता।' मैं कहती हूँ, 'नया इतिहास लिखा जाए या नहीं, पुराना इतिहास सदैव दुहराया जाता है।'

कभी तुम्हीं ने तो लिखा था :

फूल
जो पानी में
सिरा दिए गए
फिर कैसे खिल सकते हैं
शाख पर

क्या तुम उस शाख की, उस पानी की और उन सिराए हुए फूलों की व्याख्या कर सकते हो?

कहानी पढ़ने के बाद मैं सोचने लगी कि डैडी के सिराए हुए उन फूलों का क्या हुआ होगा?

"फिर क्या हुआ?"

एक दिन डैडी से मैंने पूछा तो हँसकर बोले, "अच्छा, तो मेरी बिल्ली मुझी से म्याऊँ?"

दरअस्ल 'फिर क्या हुआ' जुमला डैडी का था। इसका इस्तेमाल वे हमें–ख़ासकर मेरी छोटी बहन को–छेड़ने के लिए किया करते थे। टी.वी. पर हम फ़िल्म देख रहे हों, या खेल रहे हों, या खाना खा रहे हों...वे अक्सर कह उठते, "फिर क्या हुआ?" इस पर मेरी छोटी बहन चिढ़ जाती थी।

उस रोज़ मेरे मुँह से यही जुमला सुनकर उन्होंने शायद समझा कि मैं उन्हें चिढ़ा रही हूँ। लेकिन मैं सीरियस थी।

"नहीं डैडी, वह बात नहीं है जो आप समझ रहे हैं।" मैंने पूरी संजीदगी के साथ कहा, "हम सचमुच जानना चाह रहे हैं कि उसके बाद क्या हुआ?"

"किसके बाद? अच्छा वो, उसके बाद?" डैडी ने मानो समझते हुए

कहा, ''उसके बाद बहुत कुछ हुआ।''

और फिर उन्होंने अपनी बेकारी के दिनों के, नौकरियों के लिए दिए गए दरख़्वास्तों के, इंटरव्यूज़ के और न जाने कौन-कौन से नीरस क़िस्से सुनाए, जिनमें हमें बिलकुल मज़ा नहीं आया। इस बात को भाँपते उन्हें बिलकुल देर न लगी। वे चुप हो गए।

''चुप क्यों हो गए, अपना मज़ेदार क़िस्सा जारी रखिए।'' मेरी बहन ने ज़रा व्यंग्य से कहा तो वे बड़ी संजीदगी से बोले, ''जाओ, जाकर हैरी पोटर पढ़ो।'' और ख़ुद उठकर कहीं चले गए।

अब मैं उन क़िस्सों के तारों को सरस बनाकर एक-दूसरे से जोड़ने की कोशिश करती हूँ तो सब कुछ गड्डमड्ड हो जाता है। लगता है, मेरे अन्दर ऐसी ताक़त है ही नहीं कि मैं नीरसता में भी सरसता की खोज कर सकूँ। अगर यही बात मैं डैडी से कहती तो शायद वे 'कौआ चला हंस की चाल' की तर्ज़ पर ऐसा कुछ कहते, जिसका मतलब निकलता ''कम्प्यूटर चला फ़ीलिंग्स खोजने।''

''क़लम रोको बेटा, रोको। बाहर देखो।''

पता नहीं कहाँ से डैडी की आवाज़ आई और मैं सचमुच रुक गई। मैंने खिड़की के पार देखा। पीले, लाल, सुनहरे पत्ते झड़ रहे थे। माहौल में जैसे आग लगी हुई थी। यूरोप का ऑटम। कुछ ही दिनों में सारे पेड़ नंगे हो जाएँगे। फिर बर्फ़ गिरेगी और उनका नंगापन ढक देगी।

मैं देर तक उस दृश्य को देखती रही और लगातार डैडी की आवाज़ को सुनती रही।

अक्तूबर, 2003

मेट्रो पकड़कर प्रास्पैक्त मीरा चली गई थी। तातारों की मस्जिद में नमाज़ पढ़ने नहीं, गोश्त ख़रीदने। पास के रीनक में गोश्त खुला बिकता है। अच्छा भी नहीं होता। महँगा अलग है।

"फिर वहाँ का गोश्त हलाल भी तो है।" डैडी आगे यह ज़रूर जोड़ते। फिर संस्कारों की बात करते और कहते, "संस्कार बहुत मुश्किल से टूटते हैं।" फिर कोई क़िस्सा सुनाते जिसका लुब्बेलुबाब यह होता कि फ़लाँ आदमी का फ़लाँ संस्कार इस प्रकार टूटा था।

ख़ैर, लौटकर जब मैंने कम्प्यूटर पर इंटरनेट खोला तो क्या देखती हूँ कि जर्मनी से गुल्लू का ई-मेल आया हुआ है :

"अप्पी, आपके लिए एक ख़बर है। मैंने अपने कम्प्यूटर में एक ख़्वाब देखा है। कहें तो आपके कम्प्यूटर को भेज दूँ।"

पागल कहीं का! कहीं कम्प्यूटर पर भी ख़्वाब देखा जा सकता है।

मैंने झल्लाकर कम्प्यूटर बन्द कर दिया। मगर मन शान्त नहीं हुआ। तरह-तरह की बातें दिमाग़ में आने लगीं। ज़रा देर के लिए डैडी से ध्यान हटा तो उनकी जगह गुल्लू ने ले ली। आँखों के आगे उसका चेहरा घूमने लगा। डैडी क्या इसीलिए कहा करते थे कि सन्तान के व्यक्तित्व में माता-पिता का व्यक्तित्व भी होता है। डैडी पुराने ढंग की ऊलजलूल बातें करते थे तो यह उनका दुलारा नए ढंग की लन्तरानियाँ हाँकता है। अपने

कम्प्यूटर में ख़्वाब देख रहा है। झूठा कहीं का! जब छोटा था तब भी इसी तरह की बातें किया करता था। अक्सर सुबह उठकर कहता, आज मैंने ख़्वाब देखा है। फिर गढ़-गढ़कर ख़्वाब की कहानी सुनाने लगता। हम तो चिढ़ जाते, मगर डैडी कहते, "आगे चलकर यह नॉवलिस्ट बनेगा।" और बना क्या? वैसे अच्छा ही हुआ कि नॉवलिस्ट नहीं बना। फिर, बन भी गया होता तो लिखता क्या? 'द सर्पेंट एंड द रोप?' और अगर लिख भी लेता तो अंग्रेज़ी के मशहूर नॉवलिस्ट राजाराव क्या इसे यूँ ही छोड़ देते? कहते, चले हो बच्चू मेरी कहानी चुराने? आओ कोर्ट में! फिर इनका क्या होता? मुक़दमा शायद ये अपने कम्प्यूटर में लड़ते।

गुल्लू का ई-मेल देखकर न जाने क्यों मुझे भी कम्प्यूटर से चिढ़ जैसी होने लगी। कुछ-कुछ ऐसा महसूस होने लगा जैसे किसी ख़ूबसूरत आदमी की जेब से अचानक एक साँप निकला हो और आदमी का चेहरा बदसूरत दिखने लगा हो। मुँह कड़वा-सा हो उठा। वैसे डैडी बोलते, "यह कहो कि मूड ख़राब हो गया।" दरअस्ल एक बार जब डैडी ने कहा था कि मुँह कड़वा हो गया तो मैंने कहा था, "यह क्यों नहीं कहते कि मूड ख़राब हो गया।"

हुआ यह था कि एक दिन डैडी ने किसी बात पर कहा, "नई नस्ल के लोग चाहे कितनी ही बड़ी-बड़ी बातें कर लें, पर अगर उनसे कहा जाए कि पूरी वर्णमाला लिखकर दिखाओ तो नहीं लिख पाएँगे।"

"मैं लिख लूँगी।" मैंने चट से जवाब दिया तो फ़ौरन बोले, "लिखकर दिखाओ, मगर हिन्दी की वर्णमाला, अंग्रेज़ी की नहीं।"

"अभी लाती हूँ।" यह कहकर मैं उठी और अपने कमरे में चली गई। और हिन्दी की जो वर्णमाला मैंने उन्हें दिखाई, वह इस प्रकार थी :

म त ज ल न प च ख

क ह र स य श

ग ब अ इ द उ ए ण ६

दरअस्ल डैडी ने मेरे कम्प्यूटर में हिन्दी के भी कुछ फॉण्ट्स डलवा दिए थे। किसी एक फॉण्ट का की-बोर्ड भी था। मैंने वही की-बोर्ड निकाला और हूबहू वर्णमाला लिखकर पेश कर दी। उसी की प्रतिक्रिया थी, "मुँह कड़वा हो गया।"

रावी लिखता है

कम्प्यूटर पर ख़्वाब देखने की बात पढ़-सुनकर मूड नहीं ख़राब होता, मुँह कड़वा होता है—यह रहस्य मेरे सामने इस प्रकार खुला पड़ा था जैसे आपके हाथ में चाबी हो और देखें कि ताला तो तोड़ दिया गया है।

ख़्वाब का तअल्लुक़ यन्त्र से नहीं हो सकता।

मगर गुल्लू तो यन्त्र नहीं है।

क्या गुल्लू ख़्वाब नहीं देख सकता?

ख़्वाब हम किस तरह देखते हैं। शायद ख़्वाब ही हैं जिन्हें हम आँखों से नहीं, मन से देखते हैं। आँखों से देखने की सीमा होती है। ख़्वाब निस्सीम होते हैं। मन भी। निस्सीम को निस्सीम ही देख सकता है।

काश, गुल्लू ने वाक़ई ख़्वाब देखा हो!

गुल्लू का ख़्वाब जिसे मैंने देखा

दूर-दूर तक लाल रंग की धरती फैली हुई थी। उसके वक्षस्थल पर सफ़ेद रंग के पत्थर हीरों की तरह चमक रहे थे। काफ़ी दूर तक नज़र दौड़ाने पर एक पहाड़ी-सी दिखाई पड़ती थी। आसपास छोटी-छोटी झाड़ियाँ थीं। कुंदरू, मकोय और घुँघची की। कुछ पेड़ भी थे। उसी धरती की गोद में एक छोटा-सा गाँव था। वहीं एक छोटे-से घर में वल्ली रहते थे। घर क्या था, एक झोंपड़ी-सी थी, जिसके छप्पर पर लौकी की बेलें फैली हुई थीं। झोंपड़ी के बाहर गेंदे के पौधे लगे हुए थे।

जंगलों और पहाड़ों से अँटी पड़ी उस पथरीली भूमि पर जो गाँव और क़स्बे बसे हुए थे, उनमें वल्ली के कुछ रिश्तेदार भी रहते थे। गाँव से भागकर वे उन्हीं के बल-भरोसे उस इलाक़े में पहुँच गए थे।

एक दिन पता चला कि चिराग़ मुहम्मद के दोनों बेटे–इब्राहीम और इसहाक़–भी वहीं कहीं बसे हुए हैं। वे अब बड़े हो गए थे। उन्होंने शादियाँ कर ली थीं और उनके बाल-बच्चे भी थे। बस क्या था, वल्ली ने उन्हें ढूँढ़ निकाला। वल्ली को देखकर दोनों भाई बहुत ख़ुश हुए। वल्ली की उन्होंने ख़ूब ख़ातिर की। एक वक़्त इब्राहीम के यहाँ दावत होती तो दूसरे वक़्त इसहाक़ के यहाँ। मगर इस तरह कब तक चलता?

"अब हम कुछ काम-वाम करना चाहते हैं।" एक दिन वल्ली ने कहा तो इसहाक़ ने पूछा, "क्यों, क्या देस नहीं जाना है?"

इस पर वल्ली ने उन्हें सारा क़िस्सा कह सुनाया।

"ठीक है," इब्राहीम ने मानो सब कुछ समझ लेने के अन्दाज़ में कहा, "चलिए, कल दलाल मियाँ के यहाँ चलते हैं। वे कोई न कोई जुगाड़ कर ही देंगे।"

और अगले दिन वे लोग दलाल मियाँ के यहाँ पहुँच गए।

दलाल मियाँ जहाँ रहते थे, वह एक छोटा-सा क़स्बा था, जहाँ हफ़्ते में एक दिन बाज़ार लगा करता था। वह बाज़ार का ही दिन था। सड़क के दोनों किनारों पर दुकानें लगी हुई थीं। और सड़क पर ख़ूब भीड़-भाड़ थी। इब्राहीम और वल्ली भीड़ को चीरते हुए आगे बढ़े और दलाल मियाँ के मकान पर पहुँच गए।

मकान का दरवाज़ा खुला था। सामने एक लम्बोतरा-सा कमरा था, जिसमें तख़्त बिछा हुआ था। दलाल मियाँ तख़्त पर बैठे सरौते से सुपारी काट रहे थे। वैसे, उनके मुँह में पहले से ही कत्था, सुपारी, चूना और तम्बाकू आदि का मिश्रण भरा हुआ था। बदन पर सिर्फ़ एक लुंगी लिपटी हुई थी। बाक़ी नंगा जिस्म काले पत्थर के गोले जैसा दिख रहा था।

"सलाँवालेकुम।" वल्ली और इब्राहीम ने एक साथ सलाम किया तो उन्होंने अपनी आँखें उठाईं, मगर ठीक से जवाब नहीं दे सके। 'वालेकुम अस्सलाम का 'व' निकलते ही मुँह से पीक बाहर आ गई, जिसे पोंछते हुए वे बाहर निकले और पीक थूककर जब तक अन्दर आते, वल्ली और इब्राहीम उनके तख़्त पर एक ओर बैठ चुके थे। दलाल मियाँ ने वल्ली की कहानी उन्हीं की ज़बानी सुनी। फिर जैसे कुछ सुना ही न हो, बोले :

"ग्यारहवीं शरीफ़ अगले मंगल को है। इस साल देग चढ़वाने का इरादा है। तुम लोगों की दावत है। आना ज़रूर। इसहाक़ को भी ले आना।"

इब्राहीम और वल्ली 'अच्छा' कहते हुए सलाम करके बाहर निकल आए। दोनों की समझ में कुछ भी नहीं आ रहा था। इसलिए दोनों चुप ही रहे।

घर पर इसहाक़ के पूछने पर दोनों ने बस यही कहा कि अगले मंगल को बुलाया है।

रावी लिखता है

और अगले मंगल को सब कुछ समझ में आ गया। इब्राहीम को भी, इसहाक़ को भी और वल्ली को भी।

दरअस्ल ग्यारहवीं शरीफ़ की दावत में दलाल मियाँ के यहाँ इलाक़े के तक़रीबन सारे रिश्तेदार जमा हुए थे। वल्ली को वहाँ देखकर सभी लोग ख़ुश हुए। उनकी रामकहानी भी सभी ने सुनी। सभी ने आपस में बातचीत की और तय किया कि भई, इस लड़के को भी काम से लगा लिया जाए।

इस तरह ग्यारहवीं शरीफ़ की उस दावत में वल्ली को पुलाव के साथ-साथ काम भी मिल गया।

उस इलाक़े में रहनेवाले वल्ली के रिश्तेदार चमड़े का कारोबार करते थे। गाँव-गाँव घूमकर चमड़े इकट्ठे करना और उन्हें शहर ले जाकर बेचना। यही उनका धन्धा था। पिछड़ा इलाक़ा था। ग़रीबी बहुत थी। धरती की मिट्टी ऐसी थी कि फ़सल कम होती थी। ढोर-डाँगर मरते ही रहते थे। गाँवों की एक क़ौम का काम ही था मुर्दा जानवरों की खाल उतारना। उस खाल पर उतारनेवाले का ही अधिकार होता था।

वह उस खाल को पहले धूप में सुखाता था, फिर बेच देता था। वल्ली के रिश्तेदार-व्यापारियों ने उन्हें गाँव-गाँव घूमकर खालें एकत्र करने का काम सौंप दिया। खाल-पीछे चार आना देना तय हुआ। गोदाम तक खाल पहुँचाने का काम खाल उतारनेवाले का था।

वल्ली की रोज़ी-रोटी चल पड़ी।

तब इब्राहीम और इसहाक़ ने उनके रहने के लिए एक अलग झोंपड़ी बनवा दी। वल्ली ने कुछ बर्तन-भाँड़े ख़रीद लिये और बाज़ार से आटा-दाल-चावल लाकर अपना खाना ख़ुद बनाने लगे। बरसात आने पर झोंपड़ी के आसपास की ज़मीन में उन्होंने लौकी, तोरई, कुम्हड़े और सेम आदि के बीज दबा दिए तो सब्ज़ी-तरकारी का इन्तज़ाम भी हो गया। अंडे-गोश्त के लिए कुछ मुर्ग़े-मुर्ग़ियाँ पाल लीं। बस, वल्ली की गृहस्थी जम गई।

मगर कैसी गृहस्थी! बिना औरत के भी कहीं कोई गृहस्थी जमती है! बिन घरनी घर भूत का डेरा।

लोग कहते, "वल्ली, कहो तो कोई लड़की देखें।"

मगर वल्ली टाल जाते। वे दो-दो बीवियों का 'सुख' भोग चुके थे। ऐसा सुख कि एक को तलाक़ देना पड़ा और दूसरी मर गई। अब और क्या सुख मिलेगा? ऐसे सुख से तो भूत का डेरा भला!

वल्ली ने मान लिया कि यही सत्य है।

शायद तब तक वे नहीं जानते थे कि सत्य होता क्या है? आदमी सामने की वस्तु को ही सत्य समझता है। जो दिख रहा है, जो हो रहा है; वही सत्य है। और वल्ली का सत्य यह था कि एक झोंपड़ी थी। झोंपड़ी में कुछ चीज़ें थीं। बाहर जंगल-पहाड़ थे। उन्हीं में दुबके-दुबके से कुछ गाँव थे। हर गाँव में मुर्दा जानवरों की खाल उतारनेवाली एक क़ौम थी, जो गाँव से अलग हटकर रहती थी और जिसकी छाया तक से लोग बचते थे। लेकिन उसी क़ौम के पास वल्ली की रोज़ी-रोटी थी।

वल्ली ने इस सत्य को स्वीकार कर लिया था और निश्चिन्त हो गए थे। आगे नाथ न पीछे पगहा, केकरे नाँव पर रोवै गदहा!

मगर वल्ली गधे नहीं थे। वे किसी के नाम पर रोएँ भले न, पगहा खोजना उन्हें आता था। पगहा उन्हें बाँधे न बाँधे, वे ख़ुद उससे बँध जाना जानते थे।

वल्ली जब कमाने लगे तो उनके पुराने शौक़ फिर उभरे। किताबें तो साथ थीं ही; रात को कुछ देर तक चिराग़ की रोशनी में उन्हें पढ़ा करते। अब, सुबह उठकर दंड-बैठक भी करने लगे। जब देस में थे, तभी उन्हें यह एक और शौक़ लग गया था। कभी-कभी अखाड़े में भी जाते और कुश्ती के दाँव-पेंच सीखते। इस नई जगह में अखाड़ा तो था नहीं, पर दंड-बैठक के लिए घर ही काफ़ी था। सौ-सवा सौ दंड-बैठक कर लेने से बदन में फुर्ती आ जाती थी। लेकिन थकान भी आती थी। इसलिए उन्होंने दूध पीना शुरू किया। गाँव की ही ग्वालिन को लगा लिया। वह रोज़ाना सुबह पाव भर दूध दे जाती थी। फिर महीने में एकाध बार छटाँक-भर घी भी लेने लगे। और कुछ ही दिनों बाद लोगों ने देखा कि वल्ली के चेहरे पर चमक आ गई है।

रिश्तेदारों ने फिर पूछा, "बोलो वल्ली, कोई लड़की देखें?"

वल्ली ने एक कान से सुना और दूसरे कान से उड़ा दिया।

समय बीतता रहा।
बारिशें आईं, चली गईं।
सर्दियाँ आईं, चली गईं।
गर्मियाँ आईं, चली गईं
और वसन्त?
आया वसन्त। पलाश के दरख़्त आग-जैसे फूलों से लद गए। हवा में भीनी-भीनी ख़ुशबू समा गई। प्रकृति का भी अपना नशा होता है, ऐसा महसूस हुआ।

द्वार की साँकल बजी। वल्ली की आँखें खुलीं। 'आज इतनी जल्दी सुबह हो गई', उन्होंने सोचा। फिर उठकर द्वार तक गए और कपाट खोल दिए। प्रकृति का नशा वल्ली के समूचे वजूद में भर गया।

"दूध।"

बस, एक शब्द।

एक आकृति। सिर पर मटकी। एक हाथ मटकी पर, दूसरा नीचे। हाथों में गिलट के मोटे-मोटे कड़े। बदन पर किनारीदार धोती। अंग-अंग में चमक। गोरे रंग पर काले-काले गुदने। बेल-बूटे। ठुड्ढी पर गोल बिन्दी।

"कौन?"

वल्ली के सवाल पर बच्चों जैसी हँसी।

फिर कुछ पता नहीं, वल्ली किस तरह भीतर जाकर बर्तन ले आए! उसने किस तरह दूध दिया! किस तरह पलटकर गई! वल्ली को कुछ पता नहीं।

उस दिन वल्ली काम पर नहीं गए। बाहर भी नहीं निकले। दिन भर अपनी झोंपड़ी में पड़े रहे। पता नहीं, कुछ खाया-पिया भी या नहीं!

वह गुदनेवाली लड़की दूधवाली की बेटी थी। उस दिन माँ की बीमारी की वजह से वह दूध लेकर आई थी। मगर अब रोज़ वही आने लगी।

जब कोई रोज़ किसी के घर आएगा तो परस्पर बातें भी होंगी। कुछ हँसी-मज़ाक भी होगा। कभी छेड़-छाड़, कभी सुख-दुख। जीवन में तरह-तरह की बातें होती हैं। कभी उदास करनेवाली तो कभी उत्साह बढ़ानेवाली।

वल्ली अब पाव भर दूध शाम को भी लेने लगे।

जंगल में पहले हवा बही, फिर आँधियाँ चलने लगीं। पलाश के फूलों की आग तो ठंडी हो गई, पर एक दूसरी आग भड़क उठी।

दूधवाली की लड़की और वल्ली।

वल्ली और दूधवाली की लड़की।

कोई नहीं कहता था–

एक जवान लड़का और एक लड़की।

हर कोई कहता था–

एक मुसलमान, एक हिन्दू।

और अचानक गुदनेवाली लड़की का वल्ली के यहाँ आना बन्द हो गया। वल्ली बेचैन हो उठे।

एक रोज़ दूधवाली से उसके बारे में पूछा तो जवाब भी मिल गया।

फिर तो एक और आँधी चल पड़ी।

दिलों में।

और एक रोज़ शोर हुआ कि वल्ली ने एक भोली-भाली लड़की की ज़िन्दगी बरबाद की है, इसलिए उसे सज़ा भुगतनी होगी।

ग्वालों का टोला। कातिक की सुबह। गुनगुनी धूप। एक खेत में दो चारपाइयाँ पड़ी थीं, जिन पर सरपंच-सहित गाँव के कुछ मानिन्द लोग बैठे थे। वे गुदनेवाली लड़की और वल्ली के अपराध की सज़ा तजवीज़ रहे थे।

काफ़ी विचार-विमर्श के बाद तय हुआ कि वल्ली अगर लड़की के साथ 'हरदी-पानी' कर लें तो बस इतनी सज़ा दी जाएगी कि टोले के लोगों की दावत कर दें। शरीफ़ आदमी हैं, ज़्यादा परेशान करना ठीक नहीं है।

'न्योते में दारू भी हो।'

एक सज्जन ने अपनी राय रखी तो सरपंच ने तत्काल न्याय किया :

'मुसलमान हैं, दें तो ठीक, न दें तो ठीक।'

बात वल्ली तक पहुँची तो बजाय दुखी होने के वे चहक उठे। अन्धा

क्या चाहे, दो आँखें।

गुदनेवाली लड़की तो इतनी ख़ुश हुई कि उसी शाम वल्ली की झोंपड़ी में आ गई।

झोंपड़ी में जंगली फूलों की ख़ुशबू भर गई।

वल्ली ने एक मुर्ग़ी जिबह की और बोले, "पहले अपनी दावत कर लें, फिर तुम्हारे टोलेवालों की करेंगे।"

अगले दिन गाँव के चन्द मुसलमान वल्ली के दरवाज़े पर पहुँचे और अपनी-अपनी हाँकने लगे।

"अरे वल्ली, क्यों कुफर कर रहे हो?"

"मुसलमान होके हरदी-पानी?"

"नहीं भाई, सादिए करनी है तो खुसी से करो, मगर ई हरामकारी तो न करो।"

"पढ़े-लिखे हो, हम ठहरे गँवार। तुम हमसे जादा समझते हो।"

वल्ली उनकी बड़बड़ाहट को सुनते रहे, फिर बोले, "घबराओ नहीं, मैं उससे हरदी-पानी नहीं, बाक़ायदा निकाह करूँगा। और अगर चाहेगी तो मुसलमान बनाकर। कहोगे तो तुम्हारी दावत भी कर दूँगा।"

यह सुनना था कि लोग उठ-उठकर अपनी राह लगे।

और वल्ली जब झोंपड़ी में घुसे, गुदनेवाली लड़की ने उन्हें इस तरह देखा मानो वे कोई क़िला फ़तह करके लौटे हों!

किसी को हरा देने में, किसी की बोलती बन्द कर देने में, किसी का सर झुका देने में, किसी को बेअसर कर देने में कितना सुख मिलता है, उस लड़की ने शायद उसी रोज़ महसूस किया था। दरअस्ल वह सुख वल्ली को नहीं, उसी को मिला था। कभी-कभी सुख का एहसास ख़ुद कोई काम करने से नहीं बल्कि दूसरे को करते हुए देखने से होता है। उसके बाद वैसा ही काम ख़ुद करने से शायद दुगुना सुख मिलता हो। उस गुदनेवाली लड़की को भी मिला। कैसे? वह एक दूसरी कहानी है। बीच में धुँधलका है।

उस धुँधलके में दो बच्चे हैं। वल्ली और गुदनेवाली के बच्चे। एक लड़का, एक लड़की। लड़का जब पैदा हुआ, रंग उसका काला था। इसलिए नाम पड़ गया कल्लू। लड़की गोरी थी। वल्ली ने उसका नाम रखा फ़ातमा।

मगर वह कहलाई फत्तम।

दोनों बच्चे धूल-मिट्टी में खेल-खाल कर बड़े होने लगे। साथ ही वल्ली की ज़िम्मेदारियाँ भी बढ़ने लगीं। थोड़ा-बहुत पैसा बचाकर अब वे ख़ुद चमड़े ख़रीदने-बेचने लगे। जिनके लिए वे काम करते थे, उन्हें यह बात अच्छी तो न लगी, मगर 'अपनी ही बिरादरी का है, ग़ैर नहीं' सोचकर चुप रहे।

शाम का वक़्त था। सर्दियाँ शुरू हो गई थीं। चमड़ों की उगाही के बाद वल्ली जब घर पहुँचे तो क्या देखते हैं कि उनकी चारपाई पर गुदनेवाली की माँ तथा कुछ अन्य ग्वाले बैठे हुए हैं। चूल्हे पर खाना पक रहा है। बच्चे हुड़दंग कर रहे हैं।

वल्ली चकित। गुदनेवाली की माँ यानी उनकी सास तो कभी-कभी आ जाती थी अपनी बेटी का हालचाल जानने के लिए, मगर उस रोज़ तो घर में पूरा ख़ानदान डटा हुआ था। वह भी पूरी बेहयाई के साथ। वल्ली को देखकर बच्चे तो शान्त हो गए, मगर ग्वालों का हँसी-ठट्ठा जारी रहा। और तो और, गुदनेवाली भी उन्हीं से बतियाने में जुटी हुई थी। न बच्चों की परवाह, न शौहर का ख़याल।

वल्ली उलटे पाँव बाहर चले गए।

रात उन्होंने इब्राहीम और इसहाक़ के यहाँ गुज़ारी। गुदनेवाली ने उनकी कोई खोज-ख़बर नहीं ली।

सुबह वहीं से वल्ली चमड़ों की तलाश में निकल गए।

शाम को घर लौटे तो तबीयत भरी हुई थी। चुपचाप लेट गए। बच्चों ने बात करने की कोशश की तो उन्हें डाँट दिया। खाना आया तो बोले, भूख नहीं है। गुदनेवाली भुनभुनाई, "मेरे रिस्तेदार क्या आ गए, आफत आ गई। उनसे इतनी नफ़रत!"

ख़ूबसूरत दिखनेवाली एक औरत के मुँह से ऐसे बदसूरत अल्फाज़ भी निकल सकते हैं, वल्ली ने कभी सोचा तक नहीं था। उन्हें बर्दाश्त नहीं हुआ। वे तिलमिला उठे।

और फिर हुआ एक घमासान युद्ध। एक पति और एक पत्नी के बीच। एक पुरुष और एक स्त्री के बीच।

उस युद्ध में विजय किसी की भी नहीं हुई। हाँ, उस छोटे-से परिवार के प्याले में जो रस भरा हुआ था, वह कड़वा ज़रूर हो गया।

और वह कड़वाहट फिर कभी ख़त्म नहीं हुई।

एक लड़की, जो वल्ली की झोंपड़ी में हिरनी की तरह आई थी, शेरनी होती चली गई।

अन्ततः वल्ली ने मौन साध ली। घर में अब वही होता जो गुदनेवाली चाहती। बच्चों ने भी इस रहस्य को भाँप लिया।

वल्ली ने एक बार फिर स्वीकार किया कि यही सत्य है और इसी सत्य के सहारे बाक़ी की ज़िन्दगी काटनी है।

लेकिन बेटे और बेटी का क्या होगा?

इस प्रश्न को उठाकर वल्ली जब उत्तर खोजने निकले तो वह उन्हें कहीं नहीं मिला।

हाँ, एक रोज़ उन्होंने ख़्वाब देखा कि कल्लू, जो कि अस्ल में एक ग्वालिन के पेट से जनमा है, जंगल में गायें चरा रहा है। गायें चराता हुआ वह दूर निकल जाता है। वहाँ एक नदी बह रही है। उस नदी में एक जगह है, जिसे लोग हाथी-दहार कहते हैं। कहते हैं कि वहाँ बहुत गहराई है। कभी उसमें एक हाथी डूब गया था। कल्लू सोचता है, क्यों न इसमें तैरा जाए! और कपड़े उतारकर वह हाथी-दहार में कूद जाता है। कल्लू हाथी-दहार में तैर नहीं पाता, डूबकर मर जाता है।

कल्लू की लाश जब दरवाज़े पर लाई गई तो उसकी नववधू पछाड़ खा-खाकर विलाप करने लगी। उसके खुले हुए बालों से लाश ढक-सी गई।

और एक स्त्री ने आगे बढ़कर जब उसे उठाया तो वल्ली को लगा कि यह तो उनकी अपनी बेटी फत्तम है।

मगर फत्तम की शादी कब हुई?

ख़्वाब उलझ जाता है।

सपने के भीतर सपना।

नदी। पहाड़। समुद्र। हवेली। जानवर। खँडहर। शादी। मृत्यु। रुदन।

हास्य। कोलाहल। घाटियाँ। खोह। अन्धकार...

वल्ली के जीवन में कल्लू और फत्तम, दोनों ही स्वप्न की तरह आए थे। ऐसा स्वप्न जो स्वप्न भी था और सत्य भी।

फत्तम की शादी हुई थी। गुदनेवाली ने की थी। वल्ली की मर्ज़ी के ख़िलाफ़। उनकी ग़ैर-मौजूदगी में। चुपके से। उसने सोचा था, वे हमेशा की तरह ख़ामोश रहेंगे।

वल्ली ख़ामोश तो रहे, मगर एक शब्द को तीन बार बोलने के बाद। उस शब्द ने गुदनेवाली को पत्नी के पद से हटा दिया।

वल्ली फिर अकेले हो गए।

जैसा कि रावी ने बताया

वल्ली से कहा गया–

पढ़ो। उर्दू-फ़ारसी नहीं, हिन्दी पढ़ो।

वल्ली ने मिट्टी की दीवार पर चिपके आईने के टुकड़े में अपना चेहरा देखा। सिर और दाढ़ी-मूँछों के बालों में राख जैसे कण देखकर वे चकित हुए। बुढ़ापे ने कब उनके शरीर में क़दम रखा, उन्हें पता ही नहीं चला।

अब क्या पढ़ें? पढ़ने की उम्र तो गई।

वल्ली सोच में पड़ गए।

"तुम अगर हिन्दी पढ़ लो, तो तुम्हें सरकारी नौकरी मिल सकती है।" यह बात वल्ली से महकमा-ए-जंगलात के एक मुसलमान अफ़सर ने कही थी।

अंग्रेज़ी राज का सारा कामकाज अब तक अंग्रेज़ी और उर्दू में चलता आया था, मगर देश के कुछ भागों में हिन्दी का आन्दोलन इतना तेज़ हुआ कि अंग्रेज़ों को उसे अहमियत देनी ही पड़ी। सरकारी कर्मचारियों के लिए अब उर्दू के साथ-साथ हिन्दी का ज्ञान भी ज़रूरी हो गया था।

वल्ली ने दर्जा पाँच में पढ़नेवाले एक विद्यार्थी से हिन्दी सीखनी शुरू कर दी।

वल्ली उर्दू जानते थे। फ़ारसी का भी ज्ञान था।

हिसाब में तो इस क़दर माहिर थे कि बड़े-से-बड़े सवाल को बग़ैर

काग़ज़-पेंसिल के घड़ी भर में हल कर देते थे। कई-कई संख्याओं को इतनी तीव्र गति से जोड़ते चले जाते थे कि लोग देख-सुनकर दाँतों तले उँगली दबा लेते थे। संख्याओं को वे इस तरह जोड़ते थे :

पाँच चार नौ। नौ छः पन्द्रह। पन्द्रह दस पच्चीस। पच्चीस सात बत्तीस। बत्तीस तीन पैंतीस। पैंतीस पाँच चालीस। चालीस आठ अड़तालीस। अड़तालीस नौ सत्तावन...

और कभी-कभी इस तरह—

नौ दो ग्यारह आठ उन्नीस सात छब्बीस पाँच इकतीस छः सैंतीस पाँच बयालीस आठ पचास नौ उनसठ सात छियासठ...आदि।

उन्हें तो ¼, ½, ¾, 1¼, 1½, 2½, 3½, 4½ आदि के पहाड़े तक याद थे। इन्हें पौवा, अद्धा, पौना, सवैया, ड्योढ़ा, अढ़इया, ढहूँचा, पहूँचा वग़ैरह कहा जाता था।

इसलिए हिन्दी सीखने में उन्हें ज़्यादा दिक़्क़त नहीं हुई। कुछ ही दिनों में वे उर्दू की ही तरह हिन्दी भाषा के वाक्य भी बड़ी ख़ूबसूरती के साथ लिखने लगे।

और उन्हें महकमा-ए-जंगलात में नौकरी मिल गई। तनख़्वाह ठहरी बारह रुपए माहवार। तैनाती उनकी किस पद पर हुई थी यह तो शायद उन्हें भी मालूम नहीं था, मगर पूरे इलाक़े में वे रेंजर साहब के रूप में मशहूर थे।

वल्ली का जीवन अब बदल गया था।

वे चमड़ों की दुनिया से निकलकर पेड़ों की दुनिया में पहुँच गए थे। साल, साजा, सरई, हर्रा, बहेरा और शीशम से लेकर छूला, ऊमर और न जाने कस-किस तरह के पेड़ उनके चारों तरफ़ बिखरे पड़े थे। पेड़-ही-पेड़। झाड़ियाँ ही झाड़ियाँ। ख़ूब घना जंगल।

वल्ली उस जंगल के रखवाले थे। उनका काम था जंगल की हिफ़ाज़त करना।

जंगल में दो तरह के पेड़ थे। कुछ पेड़ ऐसे थे, जिनकी लकड़ियों से घरेलू इस्तेमाल की चीज़ें बनती थीं। वे इमारती लकड़ियाँ कहलाती थीं। और

कुछ पेड़ ऐसे थे, जिनकी लकड़ियाँ ईंधन के काम आती थीं। वे जलाऊ लकड़ियाँ कहलाती थीं। इमारती लकड़ियाँ क़ीमती होती थीं, वे महँगे दामों में बिकती थीं। इसलिए उनकी रखवाली पर ज़्यादा जोर था। वे लकड़ियाँ सरकार की थीं, क्योंकि जंगल सरकार का था। जंगल सरकार का था, क्योंकि पूरा मुल्क सरकार का था।

जलाऊ लकड़ियों पर आसपास की जनता का हक़ था, मगर इधर-उधर पड़ी सूखी लकड़ियों तक ही वह हक़ सीमित था। जबकि जनता करती यह थी कि गर्मियों में तमाम पेड़ों को काट डालती थी। और जैसे-जैसे वे सूखते जाते थे, लोग उनके टुकड़े कर-करके लकड़ियों-उपलोंवाली अपनी कोठरियों में उन्हें भरते जाते थे। वल्ली को हिदायत थी कि वे ऐसे लोगों पर भी अपनी निगाह रखें।

जंगल का पेड़ काटना जुर्म था। कटे हुए पेड़ की लकड़ी को–ख़ासकर इमारती लकड़ी को–घर ले जाना उससे भी बड़ा जुर्म। और बाज़ार में बेचना तो महाजुर्म था। वल्ली की ड्यूटी थी, ऐसे जुर्म करनेवालों को पकड़ना और उन्हें अंग्रेज़ बहादुर से सज़ा दिलवाना।

इस महान कार्य को बख़ूबी अंजाम देने के लिए वल्ली को दो विशेष सुविधाएँ दी गई थीं। एक टट्टू, ताकि ऊबड़-खाबड़ जंगल में वे आसानी से घूम सकें। और कन्धे पर टाँगने के लिए एक बन्दूक़, ताकि अगर कोई लकड़ी-चोर उन पर हमला करे तो अपनी सुरक्षा के लिए वे गोली चला सकें।

उस गाँव में वल्ली के अलावा किसी और आदमी के पास न तो टट्टू था और न ही बन्दूक़। टट्टू और बन्दूक़ ने उन्हें 'आम' से 'ख़ास' आदमी में बदल दिया था।

वल्ली को जब पहली तनख़्वाह मिली तो बाज़ार जाकर उन्होंने दो रुपए में एक कलकतिया धोती ख़रीदी। और अगले रोज़ जब वे उस धोती को पहनकर बाहर निकले तो गाँव के लोग हक्का-बक्का रह गए। क्या स्त्री, क्या पुरुष; क्या बूढ़े, क्या बच्चे–सब उन्हें टुकुर-टुकुर देख रहे थे और आपस में खुसुर-फुसुर कर रहे थे।

"अरे मुंसीजी, ई धोती कहाँ से लिये, कितने माँ?"

गाँव के एक बुज़ुर्ग ने पूछा तो जवाब देते वक़्त वल्ली की गर्दन तन गई।

"चार रुपए में। कलकत्ते से मँगाया है, पार्सल से। कल बाज़ार गए थे, वहीं डाकबाबू ने बुलाकर दी।"

"चाऽऽर रुपिया माँ!"

धोती का दाम सुनकर लोगों को चक्कर-सा आ गया। चार रुपए में बीस सेर चावल आता था।

"अरे भाई, अंग्रेज बहादुर की नउकरी है।"

"घोड़ा अउर बन्दूको त मिलीसे।"

लोग बुदबुदाते रहे, वल्ली आगे बढ़ गए।

चारों तरफ़ यह ख़बर आग की तरह फैल गई कि वल्ली मुन्शीजी के पास हर महीने कलकत्ते से पार्सल के ज़रिए धोती आती है।

एक रोज़ होता क्या है कि जंगल में वल्ली को एक आवाज़ सुनाई पड़ती है। पेड़ कटने की आवाज़। वल्ली पहले तो चौंकते हैं, फिर जिस तरफ़ से आवाज़ आ रही थी उसी तरफ़ अकनते हुए चल पड़ते हैं। आगे जाकर क्या देखते हैं कि उन्हीं के गाँव का भुलवा गोंड़ एक पेड़ को दनादन काटे जा रहा था। सरई का पेड़ था; एकदम सीधा। क़रीब-क़रीब आधा कट चुका था।

"अरे ओ भुलवा!"

वल्ली ज़ोर से चीख़े। मगर भुलवा अपनी रौ में था। उसे कुछ सुनाई नहीं पड़ा।

वल्ली की चाल तेज़ हुई, साथ ही गर्जना भी।

"सुने नाँही का रे? ओ भुलवा के बच्चे!"

अब भुलवा ने नज़र उठाकर उनकी तरफ़ देखा और कुल्हाड़ी उसके हाथ से छूट गई। वह थर-थर काँपने लगा। वल्ली आगे बढ़े और भुलवा पर टूट पड़े।

"हम्में माफी दे दो मुन्सीजी। धन्नी में घुन लगा है, कजनी कब गिर

जाए, एही से...''

भुलवा गिड़गिड़ा रहा था, माफ़ी माँग रहा था, विनती कर रहा था; मगर वल्ली कहाँ के माननेवाले थे। ''धन्नी में घुन लगा है तो चोरी करोगे! वो भी अंग्रेज़ बहादुर के जंगल में!'' वल्ली बड़बड़ा रहे थे और उसे पीटे जा रहे थे।

भुलवा को वल्ली पीटते हुए गाँव में ले आए। भुलवा के मुँह से ख़ून बह रहा था। कपड़े के नाम पर कमर में जो लत्ता बँधा हुआ था, वह तार-तार हो गया था।

गाँव-भर ने उस दृश्य को देखा।

और उस गाँव में तो क्या, आसपास के गाँवों में भी वल्ली का आतंक छा गया। कई-कई कहानियाँ बन गईं। कोई कहता, मुन्सीजी ने भुलवा को जूते से पीटा। कोई कहता, अरे क्या बात करते हो, बाँध दिया हर्रा के पेड़ से और कोड़े से मारा। सुननेवाले कहते, हाँ भाई, अंग्रेज बहादुर के मुन्सीजी हैं, मजाक नहीं है।

यह सब सुन-सुनकर वल्ली की छाती फूल उठी। अब उन्हें लगा कि वे सही अर्थों में अपने बाप के बेटे हैं। आख़िर उनके बाप की मार के डर से एक ही घर के चार लोगों ने ख़ुदकुशी कर ली थी कि नहीं।

और वल्ली की आँखों के आगे अपने बाप दीन मुहम्मद का अकड़ा हुआ जिस्म झिलमिलाने लगा। 'अकड़ हो तो ऐसी कि मरने पर भी ढीली न पड़े।'

हाकिमाना जोम-भरे, वल्ली के ज़हन में उस वक़्त यही भाव जागा।

महकमा-जंगलात की नौकरी मिलने के बाद गाँव में वल्ली की शान बढ़ गई थी। लोग पहले से ज़्यादा इज़्ज़त करने लगे थे। लेकिन भुलवावाली घटना के बाद गाँव में वल्ली का आतंक और बढ़ गया। अब लोग उनसे डरने लगे थे। जब वे कलकतिया धोती पहनकर, कन्धे पर बन्दूक़ लटकाए, अपने टट्टू पर बाहर निकलते; पूरे गाँव में सन्नाटा छा जाता। लोग अपना काम-धाम छोड़कर एक किनारे खड़े हो जाते। गलियों में खेल रहे बच्चे भाग-भागकर अपने घरों में छिप जाते और स्त्रियाँ दरवाज़े बन्द कर लेतीं। न कहीं से हँसने की आवाज़ सुनाई पड़ती, न बोलने की। वल्ली सोचते,

उनकी शान में कुछ और इज़ाफ़ा हो गया है। इस तरह वास्तविक सम्मान और भयजनित सम्मान में अन्तर न समझ पाने के भ्रम ने वल्ली को और ख़ूँखार बना दिया।

होली का अवसर था। चारों तरफ़ हास-उल्लास का वातावरण बना हुआ था। स्त्रियाँ पुरुषों को छेड़तीं, पुरुष स्त्रियों को। स्थानीय रिवाज के अनुसार अगर कोई स्त्री किसी पुरुष की टोपी या उसका गमछा छीन लेती या चुपके से चुरा लेती तो पुरुष को कुछ-न-कुछ नेग देना ही पड़ता था। चाहे इकन्नी ही सही। तो हुआ यह कि वल्ली अपने टट्टू पर किसी गाँव से गुज़र रहे थे। वहाँ के लोग उन्हें जानते तो थे, मगर उनके व्यवहार से वाक़िफ़ नहीं थे। इसलिए उन्हें देखकर गाँव की चहल-पहल पर कोई फ़र्क़ नहीं पड़ा। लोग आपस में हँसी-मज़ाक़ करते हुए अपने कामों में व्यस्त रहे। बच्चे खेलते रहे। स्त्रियाँ खिलखिलाती रहीं।

एक जगह कुछ स्त्रियाँ खड़ी थीं, जो वल्ली को देखकर हँस पड़ीं। उन्हें लगा कि यह उनका अपमान है। वे टट्टू से उतर पड़े और स्त्रियों की तरफ़ बढ़े। स्त्रियों ने सोचा होगा, कुछ पूछने आ रहे हैं। वे आपस में खुसुर-फुसुर करने लगीं। बीच-बीच में वे फिस्स-फिस्स हँस भी पड़ती थीं। अचानक एक स्त्री दौड़कर उनके पास पहुँची और गले से लटक रहा उनका गमछा छीनकर भाग खड़ी हुई। बस, फिर क्या था। वल्ली ने न आव देखा न ताव स्त्रियों पर कोड़े बरसाने लगे।

वे जिधर रास्ता मिला, भागीं। बच्चे खरगोशों की तरह झाड़ियों में दुबक गए। मर्द हक्का-बक्का!

वल्ली ने कन्धे से बन्दूक़ उतारी। हवा में एक फ़ायर किया और अपने टट्टू पर सवार होकर नौ दो ग्यारह।

जेठ महीने की एक शाम को ख़ूब ज़ोरों की आँधी आई। बौछार भी पड़ी। गाँव के लोग चिन्तित हो गए। पन्द्रह-बीस रोज़ में बरसात शुरू हो जाएगी।

सबको अपना छानी-छप्पर ठीक करना है, जिसके लिए लकड़ियों की ज़रूरत पड़ेगी। कहाँ से आएँगी लकड़ियाँ? जंगल में तो मुंशीजी का पहरा है।

मगर यह क्या? लोगों ने एक रोज़ देखा, भुलवा अपने मकान में नई धन्नी लगा रहा था। कहाँ से आई भुलवा के पास नई धन्नी? ख़रीदकर? ना। पैसे कहाँ हैं बेचारे के पास। तो क्या चुराकर ले आया कहीं से? मगर कहाँ से? किसी दूसरे गाँव से तो ला नहीं सकता। फिर? जंगल से? मुंशीजी के रहते तो यह हो नहीं सकता।

लोगों में तरह-तरह की चेमेगोइयाँ होने लगीं। भुलवा से पूछा तो टाल गया वह। "आ गई, कहीं से भी आई हो!" उसने बस इतना ही कहा। एकाध बार लोगों ने वल्ली को सुनाकर यह बात कही, "भुलवा के घर में नई धन्नी लगी है।" वल्ली ने भी टाल दिया, "लगी होगी। ले आया होगा कहीं से। जंगल से लाते तो हमने नहीं देखा।"

और एक दिन पता क्या चलता है कि वह नई धन्नी भुलवा की एक मुर्ग़ी ले आई थी। पकड़ी जाने के डर से वह ग़ायब है उसी रोज़ से।

फिर पता चला कि वह मुर्ग़ी एक दिन वल्ली मुंशीजी के घर में देखी गई थी।

और हुआ यह...

कि राज़ राज़ न रहा।

अब, जिसे जंगल से लकड़ी की ज़रूरत पड़ती, काँख में एक मुर्ग़ी दबाता और वल्ली के द्वार पर हाज़िर हो जाता। वल्ली समझ जाते। कहते, "सनीचर की रात में किसी वक़्त काट लेना।"

फिर तो मुर्ग़ी एक प्रतीक बन गई। देसी घी, बढ़िया चावल, दूध, दही, छोटा-मोटा बकरा—सभी का नाम 'मुर्ग़ी' पड़ गया। मुर्ग़ी के नाम से भाँति-भाँति की चीज़ें वल्ली के घर आने लगीं। कभी कोई घी से भरा कनस्तर उठाए चला आ रहा है तो कभी कोई ख़ुशबूदार चावल से भरी बोरी। मुर्ग़े-मुर्ग़ियाँ तो साग-भाजी हो गई थीं।

वल्ली का घर अन-धन से भर गया।

मगर किस काम का? भोगनेवाला कौन बैठा था। न बीवी, न बच्चे। अकेली जान का खाना क्या और पहनना क्या! अनायास की आई हुई

सम्पंन्नता ने वल्ली को दुखी कर दिया। उनका दिल बुझ गया।

एक रात, अँधेरे में, वल्ली ने अपने अब तक के जिए गए जीवन को याद किया और फफक-फफककर रो पड़े।

महकमा-ए-जंगलात के बड़े अफ़सर की बदली हो गई। उनकी जगह नए अफ़सर आए जनाब शुजाअत हुसैन। नाम से ही वल्ली समझ गए कि शिया हैं। और शियों से जुड़ी तमाम बातें उन्हें याद आ गईं।

शुजाअत हुसैन को जब पता चला कि उनका एक मातहत मुसलमान है तो बड़े ख़ुश हुए। सुन्नी है तो क्या हुआ! है तो अपना भाई। वल्ली से वे अफ़सर की तरह नहीं, मित्र की तरह मिले। उम्र में छोटे, इसलिए दिल में कहीं आदर का भाव भी था।

कुछ दिनों बाद, शुजाअत हुसैन जब अपने परिवार को ले आए तो वल्ली को उन्होंने खाने पर बुलाया, जिसे वल्ली टाल गए। उन्होंने सुन रखा था कि शिया लोग जब किसी सुन्नी को खाना खिलाते हैं तो खाने की चीज़ों में अपना थूक मिला देते हैं। पानी तक गिलास में थूककर देते हैं। शियों के थूकमिले पुलाव से अच्छा अपने घर का सूखा भात। वल्ली यही सोचते और शुजाअत हुसैन जब उन्हें खाने की दावत देते, वे कोई-न-कोई बहाना करके टाल जाते।

लेकिन मालूम यह हुआ कि शुजाअत हुसैन की बीवी सुन्नी हैं।

फिर तो वल्ली बहुत पछताए। भला कोई सुन्नी औरत किसी सुन्नी आदमी के खाने में थूक मिला सकती है। हरगिज़ नहीं। और मर्द—यानी शुजाअत हुसैन—तो यह काम करने से रहा। थूक-वूक मिलाना, सब औरतों की ख़ुराफ़ात है। वल्ली ने सोचा, और एक रोज़ उन्होंने शुजाअत हुसैन की दावत क़बूल कर ली।

जाड़े की रात थी। खाने से फ़ारिग होकर जब शुजाअत हुसैन और वल्ली हुक्का पीने बैठे तो छत से लटक रहे लालटेन की मन्द-मन्द रोशनी में हलका-सा बगूला जैसा उठा।

"मियाँ वली मुहम्मद!"

वल्ली चौंके। गाँव में सम्मान तो उनका बहुत था, मगर इस तरह उन्हें कोई नहीं पुकारता था। हुक्का गुड़गुड़ाना छोड़कर वे शुजाअत हुसैन की तरफ़ देखने लगे।

"आप शादी क्यों नहीं कर लेते?"

वल्ली को खाँसी आ गई। हुक्के का नैचा उन्होंने शुजाअत हुसैन की तरफ़ बढ़ा दिया।

"इस उमर में?"

खाँसी थमने पर वल्ली बोले।

"क्यों? क्या अभी से अपने आपको आप बूढ़ा समझने लगे? चन्द बालों के सफ़ेद हो जाने से कोई बूढ़ा नहीं हो जाता।"

शुजाअत हुसैन ने बड़ी संजीदगी से कहा और नैचा वल्ली की ओर बढ़ा दिया। वल्ली हुक्का गुड़गुड़ाने लगे, बोले कुछ नहीं।

"कहिए तो बात चलाऊँ!"

शुजाअत हुसैन और संजीदा हो गए थे।

"कहाँ?" वल्ली के चेहरे पर हलकी-सी चमक आई।

"मेरी बीवी की माँ की सबसे छोटी बहन हैं। यानी इनकी ख़ाला। बाप मर गए हैं। पाँच बहनों में से चार की शादी हो गई है। दो भाई हैं। थे तो तीन, मगर एक का इन्तकाल हो गया। एक भाई परदेस में है, एक घर पर ही रहता है। ग़रीब लोग हैं, मगर हैं भले। ख़ानदान भी अच्छा है। पठान हैं। अगर आप 'हाँ' कर दें तो इसी इतवार को मैं इनके गाँव जाकर इनकी नानी से बात कर लूँ।"

शुजाअत हुसैन एक साँस में इतना सब कह गए। नहीं कहा तो यह कि लड़की कैसी है? गोरी है या काली! लम्बी है या ठिंगनी। मोटी है या पतली! और...और उसकी उ़म्र क्या है?

मगर वल्ली ने हाँ कर दी।

उस 'हाँ' ने एक बालिका का भाग्य लिखा।

अब वल्ली के जीवन-रूपी नाटक का
चौथा अंक आरम्भ होने जा रहा था।

पर्दा धीरे-धीरे खुलता है।

गोबर से लिपे आँगन में एक चारपाई पड़ी है, जिस पर एक नई-सी कथरी बिछी है।

शुजाअत हुसैन और वल्ली आँगन में पहुँचकर चारपाई पर बैठ जाते हैं। ज़ुल्फ़ी में तेल चुपड़े, खाकी रंग की हाफ़ पैंट और बनियान पहने एक लड़का आता है और चारपाई के नीचे पानी से भरा एक लोटा रख जाता है। फिर वह पीतल के दो गिलास लाता है और एक रक़ाबी में चन्द बताशे।

''लीजिए, पानी पीजिए।''

शुजाअत हुसैन बोलते हैं और ख़ुद एक बताशा उठाकर खाने लगते हैं।

गाँव में पानी के साथ गुड़ देने का रिवाज तो आम था, पर ये बताशे! वल्ली सोचते हैं, 'ज़रूर उनके ओहदे का ख़याल करके ही यह इन्तज़ाम किया गया है।'

वे भी एक बताशा उठा लेते हैं।

थोड़ी देर बाद फिर वही लड़का आता है और शुजाअत हुसैन को भीतर लिवा जाता है।

वल्ली आँगन के आसपास लगे पेड़े-पौधों को देखने लगते हैं। थोड़ी दूर पर, एक गली में कुछ बच्चे खेल रहे थे। वल्ली का ध्यान उनकी तरफ़ भी जाता है। सभी बच्चे मैले-कुचैले कपड़े पहने हुए थे और प्रायः अधनंगे थे। उनमें लड़कियाँ भी थीं। उन्हें देखकर वल्ली को तरस आता है। वल्ली उनके बारे में कुछ सोचना चाहते हैं, मगर तभी शुजाअत हुसैन आ जाते हैं।

"मुर्ग़ी हलाल करने के लिए बुलाया था।"

शुजाअत हुसैन के इस संवाद में कई तरह के भाव हैं। मसलन यह कि ये लोग अब उतने ग़रीब भी नहीं हैं कि मेहमान की ख़ातिर न कर सकें। या फिर यह, कि देखिए इस घर में मेरी कितनी इज़्ज़त है। वग़ैरह-वग़ैरह।

खाना जल्दी ही तैयार हो जाता है। वही लड़का आँगन में आकर इसकी सूचना देता है और अन्दर चलने के लिए कहता है।

अब अन्दर का सीन।

ज़मीन पर एक साफ़ बोरा बिछा हुआ है, जिस पर शुजाअत हुसैन और वल्ली पालथी मारकर बैठते हैं। वही लड़का एक सिलिपची और पानी से भरा लोटा लेकर आता है। सिलिपची को वह बारी-बारी से दोनों के आगे रखता है और लोटे से पानी डालकर उनके हाथ धुलाता है। फिर वह लोटा वहीं रख देता है और सिलिपची लेकर पानी फेंकने बाहर चला जाता है।

"लड़की के भाई का लड़का है। बेचारा, बिना माँ का बच्चा!"

शुजाअत हुसैन के इस संवाद में बच्चे की तारीफ़ भी है और उसके प्रति हार्दिक संवेदना भी।

खाना आता है।

मुर्ग़ी का सालन। गेहूँ की मोटी-मोटी रोटियाँ। मोटे, लाल चावल का भात। हरी मिर्चें।

शुजाअत हुसैन और वल्ली खाना खाते हैं। अन्त में फिर वही लड़का पहलेवाली सिलिपची लेकर आता हैं और उनके हाथ धुलाता है। फिर वह एक-एक करके जूठे बर्तन उठा ले जाता है।

शुजाअत हुसैन अपनी जेब से रूमाल निकालते हैं और हाथ-मुँह पोंछते

हुए एक लम्बी-सी डकार लेते हैं।

तभी वल्ली देखते हैं कि भीतर कहीं से एक बूढ़ी औरत हाथ में पान की तश्तरी लिये सामने आती है। वल्ली और शुजाअत हुसैन एक साथ उसे सलाम करते हैं और वह सलाम का जवाब देती हुई उनके सामने ज़मीन पर बैठ जाती है। पान की तश्तरी वह बिछे हुए बोरे पर रख देती है।

बूढ़ी औरत का क़द ठिंगना और रंग काला है। आँखें नीली और पनियाली हैं। चेहरे पर झुर्रियाँ ही झुर्रियाँ—जैसे किसी बच्चे ने काग़ज़ को पिचका-पिचकाकर कोई गोला बनाया हो और गर्दन पर रख दिया हो! सिर के बाल खिचड़ी। मुँह में एक दाँत नहीं। बदन पर बस मैली-सी धोती।

"नानी, देख लो अपने दामाद को। सरकारी आफ़ीसर है। अंग्रेज़ बहादुर ने रक्खा है। मेरी वजह से पैदल आए हैं, वरना घोड़े पर चलते हैं। बन्दूक़ लेकर। ख़ूब आमदनी है। बिटिया राज करेगी, राज..."

शुजाअत हुसैन का यह संवाद चल ही रहा होता है कि बारह-तेरह साल की एक गोरी-सी लड़की उटंगी-सी धोती पहने, अपने धूल भरे बालों को झटकती हुई भीतर घुसती है और सकपका जाती है।

"एक करिमिया, भीतर जा।"

बूढ़ी औरत तनिक गुस्से से यह संवाद बोलती है और लड़की दौड़ती-हुई सी भीतर जाकर कहीं छिप जाती है।

यवनिका

फिर एक अलग ही दृश्य आता है, जिसमें लड़की तो वही होती है, मगर पहचान में नहीं आती। उसके बदन पर क़ीमती कपड़े हैं। बालों में ख़ुशबूदार तेल लगा है और क़रीने से गूँथी गई चोटी कमर तक झूल रही है। अंग-अंग में सोने-चाँदी के गहने हैं। कानों में कर्णफूल। नाक में लौंग। गले में हार। कलाइयों में कंगन। बाँहों में बाजूबन्द। कमर में कर्धनी। पाँवों में बिछिया

और पायल। अँधेरे में खड़ी है, मगर अँधेरा नाम को भी नहीं है। जैसे घने बादलों से आसमान ढँका हो और रोशनी नज़र आए।

करिमिया नाम की वह गँवई बालिका जब वल्ली के साथ ब्याह कर विदा हुई तो गाँव भर की चिड़ियाँ ख़ूब रोईं। पेड़ों के पत्ते पीले पड़ गए। झरनों का पानी सूख गया। समय जमकर बर्फ़ हो गया।

आँख खुली तो चारों तरफ़ बर्फ़ ही बर्फ़। छतों पर बर्फ़ की चादरें। पार्कों में बर्फ़ के क़ालीन। पेड़ों पर बर्फ़ के फूल। कारों पर, सड़कों पर, चर्च की मीनारों पर; सर्वत्र बर्फ़। मॉस्को बर्फ़ हो गया, मस्कवा बर्फ़ हो गई। एक अपना देश है, जहाँ सारे रंग श्याम रंग में डूब जाते हैं, और यहाँ–हरेक रंग सफ़ेद रंग में बदल गया है। "काले रंग की स्त्री को गहनों से सजा दो तो लोग देखते रह जाएँ; और तुम्हारी ये उज्जर गुड़िया, यह तो गहनों पर ही चढ़ बैठेगी।" यह विचार मेरा नहीं; डैडी का है। वे शायद ऐसा ही कुछ कहते। हो सकता है, कहा हो कभी। इसीलिए ध्यान में आया। मगर क्यों? उन्हीं की बातें, उन्हीं के विचार क्यों याद आते हैं आख़िर?

"इसलिए कि तू डैडीवादी हो गई है।" यह विचार अम्मीं का है। डैडीवाद नामक फ़िलॉसफ़ी की जननी वही हैं। इस फ़िलॉसफ़ी को उन्होंने इतना फैलाया, इतना फैलाया कि हमारी जनरेशन के बहुत सारे बच्चे डैडीवाद-विरोधी हो गए। और हम?

"हम क्या हैं डैडी?"

यह सवाल एक बार मेरी बहन ने पूछा था तो उन्होंने बड़ा अटपटा-सा जवाब दिया था।

"अगर मैं सतयुग हूँ तो तुम त्रेता हो, अगर मैं त्रेता हूँ तो तुम द्वापर हो और अगर मैं द्वापर हूँ तो तुम कलियुग हो।"

हम चुप। जैसे साँप सूँघ गया हो। गुल्लू ने तो, शायद यह जताने के लिए कि हमें कुछ समझ में नहीं आया, अपना ट्वाय-गन उठाया और दीवार पर दनादन गोलियाँ दागने लगा। हम दोनों बहनें अपने कमरे में घुसकर कुछ पढ़ने लगीं।

''आप भी कैसी ऊटपटाँग की बातें करते हैं बच्चों के साथ।'' अम्मीं की आवाज़ आई।

हमने सोचा, डैडी अब उठेंगे और कहीं चले जाएँगे। मगर उन्होंने ऐसा नहीं किया। बोले, ''तुम तो नहीं, मगर बड़े होने पर ये शायद कुछ-कुछ समझ जाएँ। हर आदमी अपनी ज़िन्दगी में चारों युग देखता है।''

उनके अन्तिम वाक्य के बारे में मैंने बार-बार सोचा है। चार युग। सतयुग, त्रेता, द्वापर, कलियुग। अगर डैडी की बात में दम है तो जीवन को समझने की यह भारतीय परिकल्पना वाक़ई अद्‌भुत है। सोचने पर हर बार मुझे ऐसा ही प्रतीत होता। और इसी प्रतीति के सहारे मैंने उस सत्य को 'कुछ-कुछ' समझने की कोशिश की :

दीन मुहम्मद, वल्ली मुहम्मद, डैडी और हम।

चार युग।

दीन मुहम्मद, यानी सतयुग। सब कुछ सहज। सुख भी दुख भी। जीवन भी, मृत्यु भी। वल्ली मुहम्मद, यानी त्रेता। भगवान राम का युग। असत्य और अन्याय से संघर्ष का युग। सत्य और न्याय की विजय का युग।

(मगर वल्ली की विजय कहाँ हुई थी?–शंका)

(तो क्या कर्बला की जंग में इमाम हुसैन पराजित हुए थे? नहीं।–समाधान)

डैडी, यानी द्वापर। भगवान कृष्ण का युग। प्रेम का युग।

''यह तो कुछ जमा नहीं।'' (मेरी बहन का कथन)

''क्यों, अम्मीं बताती नहीं थीं कि तुम्हारे डैडी ने बहुत प्रेम किए।'' (मेरा कथन)

''तुम तो फ़िलॉसफ़ी का कचूमर निकाल रही हो।'' (मियाँ गुल्लू)

तो, डैडी के उस सत्य को 'कुछ-कुछ' समझने का इस तरह भट्ठा बैठा।

अच्छा ही हुआ, वरना 'हम' की व्याख्या कौन करता? हम, यानी

कलियुग; जिसके बारे में डैडी के 'बाबा तुलसीदास' न जाने क्या-क्या कह गए हैं। *"सुत मानहिं मातु पिता तब लौं, अबलानन दीख नहीं जब लौं। मातु पिता निज सुतहिं बुलावहिं, उदर भरै सोइ धर्म सिखावहिं। गुरु सिख अन्ध-बधिर कइ लेखा, एक न सुनहिं एक नहिं देखा..."* और पता नहीं क्या-क्या! डैडी यह सब बताते थे तो हमें नींद आने लगती थी।

नींद!

नींद में तो एक लड़की थी।

और वह कम्प्यूटर की बनाई हुई नहीं थी।

कम्प्यूटर तो क्या, दुनिया की कोई भी ताक़त वैसी लड़की नहीं बना सकती।

वह लड़की हर लड़की से अलग थी; उसने हमारे डैडी को अपने गर्भ में रखा था। उन्हें अपना दूध पिलाकर पाला था। उनके बचपन में ही उनकी दुलहन का ख़्वाब देखा था। उन्हें 'बड़ा आदमी' बनाने के लिए अपना ख़ून जलाया था। और...

और मेरी आँखें झपकने लगीं। मैं लिहाफ़ में दुबककर लेट गई।

सहसा, ऐसा लगा मानो मेरी आँखों से कुछ बह रहा है। चेहरा गीला होने लगा। होंठों में नमक जैसा स्वाद महसूस हुआ।...

"रो क्यों रही हो बेटी?" कहीं से आवाज़ आई।

"आपने अपने बेटे का सुख नहीं देखा, दादी।"

लगा, मैं बोल रही हूँ।

"मगर मैं तेरा तो सुख देख रही हूँ पगली।" आवाज़ फिर आई।

"आप कितनी सुन्दर थीं न?"

संवाद जारी रहा।

"कहाँ बेटी!" एक आह-सी निकली।

"थीं तो। मैंने देखा है।"

"वह मैं नहीं थी। जिस लड़की को तुमने देखा है, वह मेरा बचपन था। बचपन नहीं, जवानी नहीं, उसके बाद का आदमी ही असली आदमी

होता है।"

और मैंने देखा कि एक औरत आकर मेरे सामने खड़ी हो गई। चेहरा हूबहू उसी लड़की से मिलता था, मगर वह फब नहीं रही थी। गाल पिचके हुए। आँखें धँसी हुईं, नीचे की ओर झाँइयाँ। बाल रूखे। बदन पर एक पुरानी-सी साड़ी, गहना कोई नहीं।

"आपकी यह गत किसने बनाई दादी? दादा ने?"

संवाद फिर शुरू हुआ।

"नहीं। तुम्हारे डैडी के लिए मेरे भीतर जो ममता थी न, उसने।"

"ऐसी भी क्या ममता..."

"औलाद की ममता ऐसी ही होती है बेटी। क्या तुम्हारे माँ-बाप के भीतर ममता नहीं है?"

"मगर वो तो ऐसे नहीं हुए।"

"उन्हें ममता के छिन जाने का डर नहीं रहा।"

"आपको डर था? किससे?"

"वक़्त से।"

"आप झूठ बोल रही हैं। सच को छिपाना चाहती हैं।"

तड़ाक्!

गाल पर मानो एक चाँटा पड़ा और मैं चौंककर उठ खड़ी हुई। बाहर अब भी ख़ूब बर्फ़ गिर रही थी।

मैं उठ बैठी।

मैंने खीर बनाई। मॉस्को में यह मुश्किल नहीं है। खीर के लिए चाहिए ही क्या? रीस, मलाको और सखर। यानी चावल, दूध और शकर। सब उपलब्ध है। सूखे मेवे भी मिलते हैं। ताजकिस्तान और उज़्बेकिस्तान वग़ैरह से आते हैं।

खीर बनाकर मैं सामनेवाले फ़्लैट में गई। उसमें अरब-दम्पती का निवास है। उनसे अगरबत्ती माँगकर ले आई।

खीर के पास अगरबत्ती जलाकर मैं बैठ गई।

पहले मैंने 'अलूहम्दो' पढ़ा। फिर एक-एक कर सभी 'कुल।' क़ुल अउज़ो बि रब्बिन नास...क़ुल अउज़ो बि रब्बिल फ़लक़...कुल या अय्युहल

काफ़िरीन...क़ुल हो अल्लाहो अहद।

'कुलहो अल्लाहो अहद' पढ़ते हुए उसका अर्थ याद आया।

कह दो कि अल्लाह एक है।

''एकोब्रह्म द्वितीयो नास्ति। हमारा दर्शन भी यही कहता है।'' डैडी यही कहते। सोचती हूँ। फिर कुछ बुदबुदाने लगती हूँ।

''या अल्लाह हमारी दादी को बख़्श देना। उन्हें जन्नत में रखना।''

और फिर चेहरे पर हाथ फेरती हूँ।

मैं इतनी मज़हबी कैसे हो गई? अम्मीं तो 'क़ुरान शरीफ़ पढ़ो, क़ुरान शरीफ़ पढ़ो' कह-कहकर हार जाती थीं और मैं थी कि एक पत्थर की मूरत। मुझ पर कोई असर ही नहीं पड़ता था। मगर आज? आज तो उनकी एक-एक बात याद आ रही है। अम्मीं ने ही तो कहा था कि ख़्वाब में जब भी कोई अपना सगा दिखाई पड़े, किसी मीठी चीज़ पर नेयाज़ करके उसे फ़क़ीर को ज़रूर देना चाहिए। फ़क़ीर? अब फ़क़ीर कहाँ से लाऊँ? यहाँ भीख माँगनेवाले तो बहुत हैं। लोग कहते हैं, ये आज़रबाइज़ान वग़ैरह से आए हैं। मगर वे तो सिर्फ़ पैसे लेते हैं। खाने-पीने की चीज़ भी लेते होंगे, मगर हिन्दुस्तानी खाना तो क़त्तई न लेंगे। जैसे हम इसमें ज़हर मिलाकर देंगे उन्हें! उँह। जाएँ चूल्हे भाड़ में।

खीर मैं ख़ुद खा गई। मीठी ज़्यादा हो गई थी।

पता नहीं, शकर ज़्यादा हो गई थी इसलिए या दादी के चाँटे की वजह से?

''दादी ने कभी आपको चाँटा मारा था?''

एक बार डैडी से मैंने पूछा था तो उन्होंने बड़ी अजीब सी कहानी सुनाई थी :

''गर्मियों के दिन थे। घर में मैं अकेला था। चूल्हे के पास कुछ ढूँढ़ रहा था तो एक डिब्बे में शकर दिख गई। मैंने उसे लोटे में डाला और पानी मिलाकर शरबत बनाने लगा। तभी अम्माँ आ गईं। शकर का यह सत्यानाश उनसे नहीं सहा गया। उन्होंने मुझे कसकर चाँटा मारा।''

''झूठ।'' हर बार की तरह मैंने कहा, ''थोड़ी-सी शकर के लिए कोई माँ अपने बेटे को चाँटा मारेगी!''

"हाँ। अगर और शकर लाने के लिए पास में पैसे न हों तो ज़रूर मारेगी। वह शकर उन्होंने घर में आनेवाले किसी मेहमान को शरबत पिलाने के लिए रखी हुई थी।"

डैडी ने कहा और छत की ओर देखने लगे।

मेरा मन हुआ कि घर की सारी शकर कहीं फेंक आऊँ, फिर देखूँ कि कितने चाँटे पड़ते हैं। मन का यह विचार मुँह से फूटा।

"अगर मैं घर में रखी सारी शकर कहीं फेंक आऊँ तो?"

"तुमने यह क्यों नहीं कहा कि अगर मैं सारी शकर का शरबत बनाकर पी डालूँ तो?"

संवाद शुरू हुआ।

"क्योंकि मैं ऐसा कर ही नहीं सकती। शकर में पानी भर मिला देने से कहीं शरबत तैयार होता है?"

"होता तो है।"

"उसे ग़रीब लोग पीते होंगे।"

"जी नहीं, छोटे लोग। बड़े लोग शकर को सिर्फ़ फेंक सकते हैं। उन्हें इतना भी गवारा नहीं कि किसी ग़रीब आदमी को दे दें।"

डैडी के इस आख़िरी जुमले के बाद मुझ पर क्या गुज़री मैं बयान नहीं कर सकती। उस दिन मैंने पहली बार महसूस किया कि किसी शब्द का सिर्फ़ वही अर्थ नहीं होता जो शब्दकोश में लिखा होता है। मैंने किसे 'ग़रीब' कहा था? उस शख़्स को, जिसने हमें जानने ही नहीं दिया कि अभाव क्या होता है?

काश! दादी का चाँटा ख़्वाब में न पड़कर सचमुच में पड़ा होता।

यह ख़याल आते ही मन भटक जाता है। ऐसा लगता है मानो मैं किसी लम्बे सफ़र पर निकल पड़ी हूँ। मॉस्को से पीटर्सबर्ग। वहाँ से वार्सा। फिर बर्लिन। पेरिस। लन्दन। और...और न जाने कहाँ-कहाँ? फिर एक झटका लगता है। और मैं महसूस करती हूँ कि दिल्ली में हूँ। डैडी के पास बैठी हूँ और बहस कर रही हूँ। वे कहीं जानेवाले हैं। अम्मीं उनका ब्रीफ़केस तैयार कर रही हैं।

याद आया। एक बार मैंने उनके साथ अजीब-सा सफ़र किया था। इलाहाबाद में उन्हें कोई पुरस्कार या सम्मान मिलनेवाला था। मैंने कहा, मैं भी चलूँगी। बोले, चलो। बस, मैंने तैयारी शुरू कर दी। उन दिनों अम्मीं हिन्दी की एक पत्रिका पढ़ा करती थीं–'सरिता', उस पत्रिका का पर्यटन विशेषांक आया हुआ था। उसमें से देखकर मैंने इलाहाबाद के दर्शनीय स्थानों की एक सूची बनाई। आनन्द भवन, ख़ुसरो बाग़, संगंम, अकबर का क़िला...वग़ैरह-वग़ैरह। मन में बड़ा जोश। नेहरूजी का घर देखूँगी। गंगा-यमुना का मिलन देखूँगी...

मगर...

कार्यक्रम से फुरसत पाकर जब हम होटल पहुँचे और मैंने वह सूची डैडी को दिखाई तो उन्होंने उसे एक तरफ़ रख दिया। बोले :

"मैं तुम्हें इनसे भी अच्छी जगहें दिखाऊँगा।"

और शाम को उन्होंने मुझे इलाहाबाद के रेलवे स्टेशन पर ले जाकर खड़ा कर दिया। मैं हैरान!

"यहाँ क्या है? यह तो रेलवे स्टेशन है, यहाँ देखने के लिए क्या है? अपनी-अपनी ट्रेन पकड़ने के लिए भागते हुए लोग, यात्रियों को पुकारते हुए रिक्शेवाले, चाय-पान की दुकानें, इर्द-गिर्द थूक और पीक..."

मैं बड़बड़ाने लगी। डैडी चुप रहे।

मैंने उन्हें ग़ुस्से से देखा। वे मुस्कुराए।

बोले–

"वह देखो।"

उन्होंने इशारा किया।

सामने ख़ूब ऊँचा पुल था। पुल पर जाने के लिए और नीचे आने के लिए सीढ़ियाँ चढ़ने-उतरनेवालों की एक ऐसी भीड़ थी, जो लगता था कभी न ख़त्म होगी। दोनों किनारों पर रेलिंगें थीं, जिन पर लोग अपनी साइकिलें चढ़ा-उतार रहे थे। एक तरफ़ की रेलिंग चढ़ाने के लिए थी, दूसरी तरफ़ की उतारने के लिए। चढ़ानेवाले हाँफ रहे थे, उतारनेवाले सन्तुलन बनाए रखने के लिए आँख इधर-से-उधर नहीं कर रहे थे।

"उस पार जाने के लिए मैं भी इसी तरह अपनी साइकिल लेकर इन

सीढ़ियों पर हाँफता हुआ चढ़ा करता था।"

पुल की तरफ़ एकटक देखते हुए डैडी ने कहा।

"उस पार क्या है?" मैंने पूछा।

"उस पार रईसों के बँगले हैं। महँगे होटल हैं। महँगा बाज़ार है।"

"आप उस पार क्यों जाते थे?"

"रईसों के बँगले देखने।"

"क्यों?"

"सोचता था, देख ही लूँ। रहना तो नसीब होगा नहीं कभी। अच्छी चीज़ को देखने का भी अपना सुख होता है।"

यह कहते हुए डैडी चल पड़े। मैं भी पीछे-पीछे चल पड़ी। स्टेशन के सामने से होते हुए वे थोड़ा आगे बढ़े, फिर ठिठककर खड़े हो गए। मैं भी खड़ी हो गई। उन्होंने बाईं तरफ़ इशारा किया और पूछा :

"यह क्या है?"

"पार्क।"

"कैसा है?"

"उँह, छिः, कितना गन्दा है!" मैंने मुँह बिचकाते हुए कहा। बोले :

"इस शहर में दिन भर मैं काम तलाशता था और रात में इसी पार्क में सोता था।"

मैं चुप।

"कहती क्यों नहीं कि यह सब झूठ है?" डैडी ने धीरे से मेरे कान में कहा और लगा कि मैं रो पड़ूँगी।

"चलिए यहाँ से।"

मेरे मुँह से बस इतना ही निकला और हम चल पड़े।

"आनन्द भवन देखोगी?"

रास्ते में डैडी ने पूछा तो 'नहीं' कहने लायक़ ताक़त भी मेरे अन्दर नहीं थी।

"लोग इतना ढोंग क्यों करते हैं?" वापसी में, ट्रेन के एयरकंडीशंड डिब्बे में

लेटी-लेटी मैं सोच रही थी। 'जिस शहर में एक आदमी को इतनी ज़िल्लत झेलनी पड़ी, उसी शहर में उसका सम्मान हो रहा है। फूलों के हार। तारीफ़ के पुल। उपलब्धियों का बखान। दिस इज़ टू मच यार।'

मैं उठी और ऊपर की बर्थ पर सो रहे डैडी को मैंने झकझोरा। मैंने सोचा था कि जिस तरह मैं सोच में डूबी हुई हूँ और मुझे नींद नहीं आ रही है, उसी तरह वे भी जाग रहे होंगे। मगर वे तो नींद में थे, चौंककर जागे। बोले :

"अरे, तुम अभी तक जाग रही हो?"

"डैडी, आप भी हद करते हैं!" मैंने डाँटने के ढंग से कहा।

"क्या हुआ?"

"आप इस झूठ को बर्दाश्त कैसे करते हैं?"

"झूठ? ओह, समझा। एक वक़्त के सच को दूसरे वक़्त के सच से मिलाकर देखोगी तो वह झूठ ही लगेगा। सो जाओ।"

और वे फिर सो गए। मैं भी लेट गई।

अब सोचती हूँ तो लगता है कि डैडी ने ठीक ही कहा था। हम अपना सच जी रहे हैं। अपने समय का सच, जो शायद एकरस है। उनका सच एकरस कभी नहीं रहा। वह समय-समय पर बदलता रहा। इसलिए वह एक सच नहीं था। वह सच्चाइयों का पुंज था। प्याज़ की तरह।

"तो क्या एक सच दूसरे सच को झूठ कर देता है?"

उस दिन तो नहीं, किसी और दिन मैंने डैडी से पूछा था तो उन्होंने डाँट दिया था।

"तुम्हारे दिमाग़ में भूसा भरा है।" फिर संयत होकर कहने लगे, "दरअस्ल तुम लोग बग़ैर इक्ज़ाम्पुल के कुछ नहीं समझ सकते। सुनो : मान लो एक बच्चा है। उसके बदन पर सिर्फ़ एक हाफ़ पैंट और फटी-सी कमीज़ है। वह दिसम्बर के महीने में, शाम के वक़्त झरबेरी के झाड़ों के पास खड़ा बेर तोड़-तोड़कर खा रहा है..."

"अच्छा, मान लिया, आगे?" मैंने टोका।

"वही बच्चा बड़ा होकर हवाई जहाज़ में सफ़र करे..."

"झूठ।" मैं चीख़ी।

"क्या झूठ?"

"यही कि वह बच्चा इतना आगे नहीं ज़ा सकता।"

"ठीक। अब इसी बात को दूसरी तरह से सोचो। अगर हवाई जहाज़ में सफ़र करनेवाला कोई आदमी यह कहे कि मैं बचपन में हाफ़-पैंट और कमीज़ पहने, नंगे पाँव झरबेरी के झाड़ों के पास खड़ा बेर खाया करता था तो?"

'झूठ' कहते-कहते मैं रुक गई। दोनों बातें कैसे झूठ हो सकती हैं?

मगर दोनों बातें सच भी कैसे हो सकती हैं?

"हो सकती हैं," डैडी से पूछने पर वे यही कहते, 'जैसे मॉस्को में बर्फ़ भी गिरती है और गर्मी भी पड़ती है। न बर्फ़ झूठ है, न गर्मी।'

और यह सोचते ही लगा, मानो बाहर गिरनेवाली बर्फ़ गर्मियों की बारिश में तब्दील हो गई है।

"पानी ही ते हिम भया, हिम ह्वै गया बिलाय!" डैडी की सुनाई हुई यह पंक्ति सहसा याद आ गई। पानी से ही बर्फ़ बनती है और बर्फ़ घुलकर पानी। यानी जो पानी है, वही बर्फ़ है और जो बर्फ़ है, वही पानी।

रावी

म्यूनिख, जर्मनी। होटल कांकर्ड। कमरा नम्बर 416। दोनों बहनें लेटी हैं। और एक-दूसरे को छेड़-छेड़कर खी-खी, खी-खी कर रही हैं। दोनों अपने बचपन के दिनों में लौट गई हैं।

अपने दादा की पोती और अपने डैडी की बेटी मॉस्को से पहले वार्सा पहुँचती है, फिर छोटी बहन को लेकर बर्लिन होती हुई म्यूनिख आ जाती है। वार्सा में छोटी बहन ने बहुत कहा कि कुछ घूमघाम लो और कुछ नहीं तो 'ओल्ड टाउन' ही देख लो, मगर इस लड़की ने एक न सुनी। म्यूनिख पहुँचकर भी इन्होंने कुछ ख़ास नहीं देखा। इनके भाई गुल्लू ने चूँकि शाम से पहले न पहुँच सकने की मजबूरी बताई थी—फ़ोन पर, इसलिए दिन में 'मेरी प्लात्स' और 'बीयर हॉल' वग़ैरह नज़दीक की जगहें देखकर ही दोनों लौट आई थीं।

शाम के ठीक छः बजे गुल्लू आया। उसे देखकर लगा मानो कोई फ़िल्म-निर्देशक आ गया है। आते ही उसने कमरे में अपना तामझाम फैलाना शुरू कर दिया। उसके पास एक छोटा-सा स्क्रीन था, जिसे उसने एक कॉर्ड में लगाया और अपना लैपटॉप लेकर बैठ गया।

"यह सब क्या है गुल्लू?" दोनों ने एक साथ पूछा।

"देखो, स्क्रीन पर देखो।"

गुल्लू ने जवाब दिया और लैपटॉप का एक बटन बड़े स्टाइल के साथ

दबा दिया। स्क्रीन पर कुछ पंक्तियाँ उभरने लगीं–

नींद दूर मेरी आँखों से, और न कोई दीप जले
छाया चारों ओर अँधेरा मुझे उनींदी रात खले
बँधी-बँधाई लय में केवल घड़ी यहाँ टिक-टिक करती
एक यही आवाज़ निरन्तर मुझे सुनाई है पड़ती
और कहीं पर होती मानो धीमी-धीमी सी सरसर
जैसे दो बुढ़ियाँ करती हों धीरे-धीरे खुसर-फुसर
चूहे जैसी कूद-फाँद-सा, दौड़-धूप सा यह जीवन...
क्यों मुझको ऐसी बेचैनी, क्यों है ऐसा आकुल मन
सूनी, ऊब भरी फुसफुस का क्या मतलब है बतलाओ
क्या बीते दिन की चुगली या निन्दा, इतना समझाओ
क्या कुछ चाह रही हो मुझसे, क्या अनुरोध तुम्हारा है
यह पुकार-आह्वान कि भावी कल की ओर इशारा है
चाह यही है केवल मेरी, मैं तो समझ तुम्हें पाऊँ
अर्थ निहित है जो कुछ तुममें मैं उसकी तह तक जाऊँ...

और फिर अन्त में लिखा था–

म्यूनिख में बड़ी अप्पी का स्वागत है।

"ये तुम कविता कब से करने लगे?"

दोनों बहनों ने सवाल किया। गुल्लू हँसा, बोला :

"मैं और कविता? यह तो बड़ी अप्पी के स्वागत के लिए मैंने ली है कहीं से!"

"कहाँ से?"

"अरे अप्पी, आप रूस में रहती हैं और रूसी कविता को नहीं जानतीं? यह कविता पूश्किन की है।"

बड़ी अप्पी कटके रह गईं।

"और मेरे स्वागत में कुछ भी नहीं?" छोटी बहन ने शिकायत की।

"बड़ी अप्पी ने सिर्फ़ अपने आने की ख़बर दी थी। मुझे क्या पता

था कि आप भी आएँगी, वरना आपके लिए तदेउष रूज़ेविच की कोई कविता ढूँढ़ निकालता।" गुल्लू ने तर्क दिया।

"अच्छा छोड़ो, यह बताओ, इस कविता में ये 'दो बुढ़ियाँ' कौन हैं? कहीं हमें चिढ़ाने के लिए तो नहीं..."

"नहीं, ऐसी बात नहीं है," बड़ी बहन ने छोटी बहन को टोकते हुए कहा, "अगर ऐसा होगा तो फिर यह 'चूहा' कौन है? गुल्लू ही होगा। बचपन में यही तो चूहे जैसी कूद-फाँद किया करता था।"

इस पर सब हँस पड़े।

"अब इसे ऑफ़ कर दूँ?" गुल्लू ने पूछा तो बड़ी बहन ने फ़ौरन 'नहीं' कहा और अपने नोटबुक में कविता की कुछ पंक्तियाँ लिखने लगी। उसने लिखा :

नींद दूर मेरी आँखों से (और सोचा, ठीक ही तो है।)

छाया चारों ओर अँधेरा (अँधेरा ही तो है, वरना ऐसी बेचैनी क्यों होती? 'क्यों मुझको ऐसी बेचैनी?')

क्या बीते दिन की चुगली या निन्दा (नहीं, बीते दिनों के बारे में सोचना चुगली या निन्दा क्यों? पर, हो भी सकता है। हम अपने आपसे भी तो चुगली, निन्दा या प्रशंसा करते हैं।)

क्या कुछ चाह रहीं हो मुझसे (यह कौन पूछ रहा है? डैडी? या फिर अल्लामियाँ?)

चाह यही है केवल मेरी, मैं तो समझ तुम्हें पाऊँ
अर्थ निहित है जो कुछ तुममें मैं उसकी तह तक जाऊँ

"हाँ डैडी, हाँ। मैं यही चाहती हूँ।"

बड़ी बहन लगभग चीख़ उठती है और बेहोश हो जाती है।

गुल्लू घबराकर अपना तामझाम समेटने लगता है और छोटी बहन पानी लाने के लए किचेन की ओर भागती है।

"तुमने भी गुल्लू कैसी कविता चुनी?"

अपनी बड़ी बहन के चेहरे पर पानी का छींटा मारती हुई छोटी बहन ने भाई को झिड़का।

"मुझे क्या पता था कि इसे ये डैडी से जोड़कर देखेंगी!"

"क्यों, मैंने तुम्हें बताया नहीं था कि आजकल अप्पी हमेशा डैडी के बारे में सोचा करती हैं?"

"तो हिन्दुस्तान क्यों नहीं चली जातीं?"

छोटी बहन ने होंठों पर उँगली रखकर गुल्लू को चुप रहने का इशारा किया। बड़ी अप्पी को होश आ रहा था।

कमरे में रखे छोटे-से फ्रिज से सन्तरे का जूस निकालकर गुल्लू ने अपनी बड़ी बहन को दिया और ख़ुद एक बीयर लेकर बैठ गया।

"और मुझे? कुछ नहीं?"

छोटी बहन ने फिर अपने भाई से शिकायत की।

"आप ख़ुद क्यों नहीं ले लेतीं?" गुल्लू ने बिलकुल अपने बचपने के अन्दाज़ में कहा।

छोटी बहन ने अपने लिए कोक का एक कैन निकाल लिया।

माहौल अब सामान्य हो गया था। दोनों बहनें बिस्तर पर बैठी थीं और गुल्लू सामने कुर्सी पर।

"उस कविता का शीर्षक क्या था गुल्लू?" बड़ी बहन ने सवाल किया।

"उनींदी रात में रची गई कविता।" गुल्लू ने जवाब दिया।

"वार्सा में आप कह रही थीं कि म्यूनिख पहुँचकर हम लोगों से आप कोई ज़रूरी बात करेंगी!"

छोटी बहन ने बात का रुख़ मोड़ते हुए कहा।

बड़ी बहन खिड़की के पार देख रही थी। मार्च का सुहाना मौसम था। धूप खिली हुई थी।

"यहाँ कितना अच्छा मौसम है न! मॉस्को में तो बहुत ठंड है।"

उसने खिड़की की ओर मुँह किए-किए ही कहा।

"और वार्सा में भी तो।"

छोटी बहन ने जोड़ा।

"आप लोग यही ज़रूरी बात करने के लिए यहाँ आई हैं?" गुल्लू हँसा।

बड़ी बहन ने उसकी ओर संजीदा नज़रों से देखा। बोली :

“नहीं। मैं तुम लोगों से यह कहना चाहती हूँ कि चलो, हम लोग हिन्दुस्तान लौट चलें।”

“हिन्दुस्तान!” छोटी बहन और गुल्लू—दोनों एक साथ चौंके।

“हाँ, हिन्दुस्तान।”

“तो, आपको डैडी के साथ-साथ ऋषियों-मुनियों और सपेरों के उस देश की याद भी आ रही है।”

गुल्लू ने लगभग चिढ़कर कहा।

“हाँ, आ रही है। और सुनो, यह तुम नहीं, तुम्हारी वे किताबें बोल रही हैं, जिनमें हिन्दुस्तान की वही सैकड़ों बरस पहले की तस्वीर आज भी खींची जा रही है। मगर हमारा वह मुल्क अब बदल गया है। आज हिन्दुस्तान उसी तरह एक आधुनिक देश है जिस तरह कि यूरोप का कोई देश। अब वह ऋषियों-मुनियों, साधु-सन्तों, जादूगरों, ज्योतिषियों और सपेरों वग़ैरह का देश नहीं, बल्कि कम्प्यूटर, लैपटॉप और डिब्बाबन्द चीज़ों का देश हो गया है।”

“अब अपना लेक्चर बन्द भी कीजिए अप्पी,” छोटी बहन ने उसे बीच में टोका, “आपकी बात ठीक है, मगर वहाँ हम करेंगे क्या?”

“किसी जंगल में, नदी किनारे एक झोंपड़ी बना लेंगे और पड़े रहेंगे। आसपास के गाँव के लोग संन्यासी समझकर खाने-पीने की चीज़ें दे जाया करेंगे।” गुल्लू ने व्यंग्य किया।

“क्यों, क्या हमारे डैडी, हमारे दादा और उनके भी पुरखों ने संन्यासियों की ज़िन्दगी जी है?” बड़ी बहन का स्वर तीखा था।

“वह ज़माना और था।” छोटी बहन ने धीमे से कहा और गुल्लू की ओर आँखें तरेरीं कि तुम कुछ न बोलना।

“यह न भूलो कि वह ज़माना न होता तो हम भी न होते।”

“फिर भी फ़र्क़ तो है अप्पी!”

“क्या फ़र्क़ है?”

दोनों बहनें बाक़ायदा बहसने लगीं।

“बहुत फ़र्क़ है। अब यही देखो, डैडी जिस कमरे में पैदा हुए उसमें कोई खिड़की तक न थी। अँधेरा इतना था कि—वो क्या कहते थे उसे, हाँ

चिराग़, बग़ैर चिराग़ के कुछ दिखाई नहीं पड़ता था। और आप पैदा हुईं राजधानी के एक बहुत बड़े हॉस्पिटल के एयरकंडीशंड रूम में। डैडी ने आँखें खोलीं तो मुर्ग़ी के कुछ चूजे दिखे–हाँ, वही दिखे होंगे और क्या? और आपने जब आँखें खोलीं तो टी.वी. दिखा...।"

"अच्छा, अब चुप रहो," बड़ी बहन ने छोटी बहन को डाँटा, "बहुत बढ़-चढ़ के बोलना आ गया है! देखो, अपने आसपास ज़रा देखो। ज़िन्दगी है कहीं। कहो, कह दो कि जब सब कुछ है तो फिर ज़िन्दगी की क्या ज़रूरत है?"

"आप तो नाहक़ खफ़ा हो रही हैं अप्पी। मेरा मतलब यह नहीं था..."

"सुनिए, मेरी बात भी तो सुनिए," गुल्लू ने अपनी छोटी बहन को टोकते हुए कहा, "देखिए बड़ी अप्पी, हम भी अपने डैडी और अपने देश–दोनों से बहुत प्यार करते हैं। हम आज जहाँ हैं, वहाँ डैडी ने ही हमें पहुँचाया है। मगर ज़रा सोचिए, कहीं ऐसा तो नहीं कि हम पहाड़ की एक चोटी पर खड़े हैं : जहाँ बड़ी मुश्किल से उन्होंने हमें चढ़ाया था और अब हम फिर उसी रास्ते नीचे उतरने की सोच रहे हों..."

"नहीं, यह नीचे उतरना नहीं है। यह लौटना है। अपने घर की ओर।"

'घर' से अप्पी को एक शे'र याद आ गया।

छोटी बहन ने कहा तो गुल्लू बड़े जोश के साथ बोला, "सुनाओ।"

"मैं सुनाती हूँ।" यह बात बड़ी बहन ने कही और और शे'र पढ़ा :

बस्ती मिली मकान मिले बामो-दर मिले
मैं ढूँढता रहा कि कहीं, कोई घर मिले

इसके बाद कमरे में ख़ामोशी छा गई।

बड़ी बहन उठी और बाथरूम चली गई।

छोटी बहन लेट गई।

गुल्लू अपने निवास की ओर जाने की तैयारी करने लगा।

अब रात हो गई थी और म्यूनिख के आसमान पर चाँद निकल आया था। फीका-फीका, उदास-उदास-सा चाँद।

बूझ-अबूझ

चारों तरफ़ बियाबान जंगल। ख़ूब ऊँचे-ऊँचे पेड़। लम्बी-लम्बी घासें। घासों में फूल। चिड़ियों की आवाज़ें।

एक पतली-सी पगडंडी पर मैं चली जा रही थी। अचानक क्या देखती हूँ कि सामने से एक बुज़ुर्गवार चले आ रहे हैं। साँवला शरीर। नाटा क़द। खिचड़ी बाल। तहमद और बंडी पहने। नज़दीक पहुँचने पर लगा कि मैं इन्हें कुछ-कुछ जानती हूँ। मैंने उन्हें बड़े अदब के साथ सलाम किया तो उन्होंने मेरी तरफ़ सवालिया निगाहों से देखा।

"आप कहीं दीन मुहम्मद तो नहीं?" मैंने पूछा।

"हाँ, हूँ। पर तू कौन है?" वे घुड़के।

"मैं आपके बेटे, यानी वली मुहम्मद की पोती हूँ।"

"मैं किसी पोती-वोती को नहीं जानता।"

"सुनिए तो...!"

मगर उन्होंने कुछ नहीं सुना। मेरी बग़ल से निकलकर आगे बढ़ गए। मैं थोड़ी देर तक पीछे मुड़कर उन्हें देखती रही, फिर मैं भी आगे बढ़ चली।

कुछ दूर आगे बढ़ने पर जंगल ख़त्म हो गया और मैदानी इलाक़ा शुरू हो गया। बीच-बीच में काली-भूरी चट्टानें बिखरी हुई थीं।

एक चट्टान पर कोई थका-हारा बूढ़ा बैठा हुआ था और बीड़ी पी रहा

था। मैं उसी चट्टान की तरफ़ बढ़ने लगी। मैंने देखा, बूढ़े का रंग गोरा था और काठी उसकी कसी हुई थी। सिर और दाढ़ी के बाल सन जैसे सफ़ेद। वे भी मुझे कुछ जाने-पहचाने से लगे। मैं उनके सामने जाकर खड़ी हो गई।

"क्या चाहती हो? मेरे पास कुछ भी नहीं है। जो कुछ था, सब लुटपिट गया।"

बूढ़े ने अपनी पनियाली आँखों से मुझे देखते हुए कहा।

"मैं सिर्फ़ यह जानना चाहती हूँ कि...आई मीन, व्हाट इज़ योर नेम? आर यू वली मुहम्मद?"

"क्या?" बूढ़ा तड़प उठा।

"सॉरी, क्या आप वली मुहम्मद हैं?"

"तू कौन होती है मेरा नाम पूछनेवाली?"

"अगर आप वली मुहम्मद हैं तो मैं आपकी पोती हूँ।"

"तू, और मेरी पोती?" बूढ़ा और ज़्यादा भड़क उठा, "अरे बदतमीज़ लड़की, मेरी पोती की मजाल होती कि वह मेरा नाम लेती और मेरे सामने फिरंगियों की ज़बान बोलती।"

"माफ़ कीजिए दादाजी...!"

"माफ़ की बच्ची! तू यहाँ से जाती है या..."

और वे इधर-उधर कुछ तलाशने लगे। मैं सरपट भागी। मैं भागती जा रही थी और पीछे मुड़-मुड़कर देखती जा रही थी कि कहीं वे मुझे मारने के लिए दौड़े न आ रहे हों। मैं बेहद डर गई थी।

भागती-भागती जब मैं थक गई तो एक चट्टान की ओट में बैठ गई और सुस्ताने लगी।

फिर मुझे घर की याद आई।

धीरे-धीरे शाम हो गई।

तब मैं उठी और घर के लिए चल पड़ी।

घर पहुँचकर मैंने बत्ती जलाई और अपने टेबल पर बैठकर डैडी को ख़त लिखने लगी।

रावी लिखता है

'माई डियर डैड,

यह ख़त मैं बहुत ग़ुस्से के साथ लिख रही हूँ। आज तक मेरे साथ ऐसा बिहेवियर किसी ने नहीं किया। जस्ट थिंक डैडी, आज मेरी मुलाक़ात दादा और आपके दादा–दोनों से हुई। आपके दादा ने तो मुझे पहचानने से ही इनकार कर दिया। और मेरे दादा! वे तो मुझ पर इतना ग़ुस्सा हुए कि मारने के लिए; जी मुझे, यानी अपनी पोती को मारने के लिए उन्होंने पत्थर उठा लिया। दिस इज़ टू मच डैडी। रिअली टू मच। मैं बता नहीं सकती कि आज मुझ पर क्या बीती...'

आगे मुझसे कुछ नहीं लिखा गया। मैंने अपना सर टेबुल पर रख लिया और सोच में डूब गई–

'गुल्लू कहीं ठीक ही तो नहीं कह रहा था कि हम किसी ऊँची चोटी पर खड़े हैं और फिर उसी रास्ते नीचे उतरने की सोच रहे हैं, जिस रास्ते से ऊपर आए थे...?'

और मैंने देखा...

मैंने देखा; कि हम तीनों बहन-भाई एक मीनार पर खड़े हैं। जैसे बेबीलोन की मीनार। ऊपर से नीचे तक सीढ़ियाँ बनी हुई हैं। हमसे चन्द सीढ़ियों के फ़ासले पर डैडी खड़े हुए हैं। बहुत नीचे मुझे डाँटनेवाले बुज़ुर्गवार और एकदम नीचे मुझे न पहचाननेवाले बुज़ुर्गवार खड़े हैं। हम तीनों ही झुककर अपने-अपने हाथ नीचे झुकाते हैं और कहते हैं, 'डैडी, हमारा हाथ पकड़कर आप भी ऊपर आ जाइए, जहाँ हम हैं।'

'हाँ, डैडी, आइए न!' मैं ज़िद करती हूँ। डैडी मुस्कुराते हैं। कहते हैं, 'नहीं बेटा, मैं यहीं ठीक हूँ। जो जहाँ है, वहीं ठीक है। ज़िन्दगी में कुछ लोग दो-चार सीढ़ियाँ ही चढ़ पाते हैं, कुछ आठ-दस तक चढ़ जाते हैं। चन्द लोग कुछ और ऊपर तक जाते हैं, जहाँ से वे दूसरी दुनिया भी देख लेते हैं। तुम लोग जहाँ खड़े हो वहाँ से एक बड़ा आलम दिख रहा होगा। मगर कुछ ऐसे भी लोग होंगे जो और ऊपर तक जाएँगे...'

''मगर, अब तो सीढ़ियाँ हैं ही नहीं।''

मैं टोकती हूँ तो कहते हैं :

''ज़रा पीछे मुड़कर देखो।''

हम तीनों तनकर खड़े हो जाते हैं और पीछे मुड़कर देखते हैं।

और देखते क्या हैं कि एक ख़ूब लम्बी सीढ़ी ऊपर की ओर जा रही है। मगर वह ख़ाली है। उस पर कोई नहीं है। इसके अलावा, हम जहाँ खड़े हैं वहाँ से उस सीढ़ी तक जाना मुमकिन नहीं। बीच में शून्य है। मैं डैडी से फिर मुख़ातिब होती हूँ।

''बीच की जगह तो ख़ाली है, डैडी। वहाँ तक कोई पहुँचेगा कैसे?''

''वक़्त आने पर वह ख़ाली जगह भर जाएगी। शून्य जीवन का बहुत बड़ा सत्य है। मनुष्य इसी शून्य में से अपना मार्ग निकालता है।''

और हम देखते हैं कि आसमान काले-काले बादलों से भर गया है।

फिर थोड़ी ही देर में बूँदाबाँदी शुरू हो जाती है और हम भीगते हुए उछलने-कूदने लगते हैं।

''चलो, अब नीचे उतरो, ठंड लग जाएगी।''

अम्मीं की आवाज़ सुनाई पड़ती है, जिसे हम अनसुना कर देते हैं।

''आप बुलाइए न इन लोगों को, आप तो कुछ बोलते ही नहीं!'' अम्मीं डैडी से कहती हैं।

हम सीढ़ियों की तरफ़ भागते हैं।

सीढ़ियों पर पानी भरा हुआ है।

झरोखों से बौछार आ रही है।

एक झरोखे पर गौरैयों का एक जोड़ा बैठा हुआ है, जो हमारी ही तरफ़ देख रहा है।

हम ठिठककर मुस्कुराते हैं।

गौरैयों का जोड़ा भी मुस्कुराता है। शायद!

●●●